U0907675

玉堂酱园传

张启晨 著

吉林文史出版社
JILINWENSHICHUBANSHE

图书在版编目（CIP）数据

玉堂酱园传 / 张启晨著 . -- 3 版 . -- 长春 : 吉林文史出版社 , 2019.10

ISBN 978-7-5472-6666-3

Ⅰ . ①玉… Ⅱ . ①张… Ⅲ . ①长篇小说－中国－当代 Ⅳ . ① I247.5

中国版本图书馆 CIP 数据核字 (2019) 第 234865 号

玉堂酱园传

YUTANG JIANGYUAN ZHUAN

作　　者：张启晨
策 划 人：常晓鹏
联合策划：翻阅小说　册府文学
责任编辑：吕莹
封面设计：土土
出版发行：吉林文史出版社（长春市福祉大路 5788 号）
印　　刷：北京瑞达方舟印务有限公司
开　　本：880mm×1230mm1/32
印　　张：8.25
字　　数：165 千字
版　　次：2020 年 1 月第 1 版
印　　次：2020 年 1 月第 1 次印刷
书　　号：ISBN 978-7-5472-6666-3
定　　价：58.00 元

玉堂酱园传

张启晨 著

目录 Contents

第 1 章　立冬——百年世博，为国出国（上）…………1
第 2 章　立冬——百年世博，为国出国（下）…………9
第 3 章　大暑——少年意气，自荐领命…………15
第 4 章　立秋——龙行于野，人成于难…………19
第 5 章　小暑——重洋远渡，海上扬帆（上）…………26
第 6 章　小暑——重洋远渡，海上扬帆（下）…………32
第 7 章　雨水——有草于野，有你心头…………42
第 8 章　寒露——寒意突至，快刀恩仇（上）…………47
第 9 章　寒露——寒意突至，快刀恩仇（下）…………53
第 10 章　处暑——天地肃杀，百兽惊慌（上）…………63
第 11 章　处暑——天地肃杀，百兽惊慌（下）…………72
第 12 章　春分——万物晓生，柳暗花明（上）…………79
第 13 章　春分——万物晓生，柳暗花明（下）…………87
第 14 章　谷雨——见招拆招，迎难而上（上）…………95
第 15 章　谷雨——见招拆招，迎难而上（下）…………102
第 16 章　惊蛰——侠走天下，义字为先（上）…………111

第 17 章 惊蛰——侠走天下，义字为先（下） ……… 117
第 18 章 立春——欢宴隆庆，草野生机 ……………… 127
第 19 章 夏至——惊云突降，云开雾明 ……………… 136
第 20 章 芒种——诸事有因，诸行结果 ……………… 146
第 21 章 秋分——善恶有果，相报有时 ……………… 153
第 22 章 冬至——暗流涌动，诡云奇布 ……………… 163
第 23 章 大雪——仗义直行，还恩报情 ……………… 171
第 24 章 小满——异国征途，明枪暗箭（上） ……… 176
第 25 章 小满——异国征途，明枪暗箭（下） ……… 184
第 26 章 霜降——急中生智，丰年即来（上） ……… 192
第 27 章 霜降——急中生智，丰年即来（下） ……… 200
第 28 章 白露——怀德异邦，载誉归来 ……………… 210
第 29 章 小寒——广厦将倾，福兮祸兮 ……………… 216
第 30 章 大寒——东奔西走，思前想后 ……………… 225
第 31 章 小雪——众生众相，肩挑重担 ……………… 232
第 32 章 清明——盈门八方，涅槃重生 ……………… 239
第 33 章 立夏——世博百年，玉堂如今 ……………… 248
后记………………………………………………………… 250

第1章

立冬——百年世博，为国出国（上）

第 42 届世界博览会，于 2015 年 5 月 1 日至 10 月 31 日在意大利米兰市举行。米兰市申办 2015 年世博会的主题是“滋养地球，生命之源”，这是世博会史上首次以食物为主题，将展出来自一百多个国家的各类美食，希望借此能寻找契机解决 2050 年全球多达九十亿人口的食物短缺难题。

为此，主办方特意设立了“百年世博”这个环节，邀请部分参加了一百年前世博会斩获殊荣并且至今仍有传承的企业登台亮相，为它们授予“百年世博”的特殊荣誉。来自中国山东的食品企业玉堂酱园尤为耀眼，受到众多国内外媒体的重点关注。

“三百年！你说什么？它已经拥有三百多年历史了，这可比美国的建国史还要长，太不可思议了！”台下的观众们窃窃私语。

刚刚来到台下的何春两只手仍旧止不住地颤抖，这份实至名归的荣誉实实在在地握在手里，真该痛饮上一大杯玉堂的金波酒方能一诉衷肠！

一个满头白发的外国人走上前来，激动地握住了何春的手。何春有些惊奇，但出于礼貌，并没有立即抽开。

“何先生，请原谅我这有些冒昧的问候，但我认为我们必须要握那么一次手，就像一百年前，玉堂的孙先生从我的祖先手中接过世博会的金牌一样……”

“您是哈恩爵士的后人？”何春的脑海中浮现出玉堂展厅那张有些发黄模糊的照片，那个威严公正的老者将奖牌郑重授予给玉堂的放大照片。几乎每一个来到玉堂的人，何春都会带他们去看一眼，老者的形象正一点点地和面前的人开始重合……

一百年前，美国旧金山——

“哈恩爵士，你确定要答应那个腐朽落后的封建帝国，带着这么些个奇奇怪怪的东西，参加我们这个世界上最高规格的万国博览会吗？作为主办方，我们的轻率决定有可能让这个付出了无数心血的盛会变成本世纪最大的笑话！”

凯恩拆开信函的时候，正在悠闲地搅拌着他的下午茶，尽管蓝山咖啡的价格不是一般的家庭所能消费得起，并且今年因为气候缘故，更是价格大涨，但从事多年上流社会高级顾问工作的他，下午三点半的蓝山咖啡，已经是生活中必不可少的一部分。

“这是什么鬼东西！”凯恩刚看了两行字，就决定晚上要和尊敬的哈恩爵士共进晚餐，他要对这个活动的最大的赞助人以及总统府委托的第一筹备顾问进行最后一次诚恳的规劝。哪怕哈恩爵士依旧坚持，这也是他应尽的本职。

“凯恩，听我说，你可能对这个古老的东方国度存在太多误会和偏见，当然这样的情绪和认知，在我们整个国家都是见怪不怪的，但正因为如此，我们才需要更好地熟悉他们，这次大会是一个绝佳的机会！还有，我纠正一点，那边现在是中华民国，起码从名称上，他们已经迈出了民主的第一步！”

“可是爵士，你看看他们都给我们带来了什么东西，根据我们的东方观察员下午发回的电报，据说其中一个企业在政府的支持下，准备带来一些用蜜糖和陈醋腌制的大蒜作为参展项目。我简直无法想象，大蒜！还是腌制的！这东西放在哪儿都是一场灾难，实在无法想象还需要吃下去！试想下，我们祈祷的时候，竟然一嘴的蒜味。

“哈哈哈，别担心，这只是他们的饮食传统。在我没到过那里时，我的疑问和无奈比你多得多，可仅仅住下不到三个月，我就适应并且爱上了那里的一切。大蒜嘛，这是东方最为重要的一种调料，虽然我也很抗拒，但总在不知不觉时，稀里糊涂地吃下去了。对了，你知道高粱酒吗？那太令人怀念了，虽然这东西的酒精度数几乎要赶上俄国人的伏特加，可喝下去的口感完全不同，整个毛孔的汗液都充斥着一种别样的兴奋。我打算趁着这次比赛，寻找一种口感味道最适合的中国酒，让它成为我在各地经营酒吧的主打货！到时候我一定请你好好喝一杯，配着本地的小牛排，想想就很棒！不过第一次喝的人一般都不太行，记得那时候，我睡到第二天下午才睁眼，但是却没有一点儿宿醉的疲惫。”

“爵士，我倒是很愿意和您尝试这来自东方的美酒，但作为顾问，我明白我必须拥有公正的态度，听说您允许他们占据这么多独立展位，陈列这些落后的农耕产品，其他国家会不会对此表示异议……”

“凯恩，首先我要肯定你的尽心尽责，但是在东方有那么一句话——‘民以食为天’，这当然也是一句普遍的真理。可以想见，我们的大部分展位都会是一些工业时代的奇迹，包括中国的邻居日本，也是在展示他们维新之后的成果，相信这些朴素的农业产品，或许会异军突起。既然我们取名博览会，那就必须保持足够的包容。”

“好吧，我承认，你几乎算是说服我了！”

“还有最重要的一点，中国，这个来自东方的神奇国度虽然现在虚弱不堪，但是保不齐就会出现重大转机。记得那几个来自东方的留学生吗？我们的孩子在某些方面确实不如他们，这些人还固执得有些可爱，明知自己学到的东西回去后很难有用武之地，却还是义无反顾。单凭这点，这个国家就充满希望。况且，你知道中国的市场有多大吗？”

“大，听说是很大，难不成能和我们的北方市场相比？那些庞大的战争赔款和其他国家的瓜分蚕食不是已经拖垮了这个国家了吗？”

“北方市场？凯恩，你的想象力可以更加大胆一些，按照最新的统计数据，这个国家的人口已经超过四亿。四亿人啊！确实，俄国人、日本人、英国人已经利用正常的、不正常的商贸竞争赚了太多钱了，我们再不努力，就真的没有机会了！想想看吧，四亿人啊！请四亿人每人喝一口咖啡，都能让你瞬间倾家荡产！”

“四亿人，我的天啊！”

“对了，前天晚上，总统约我在他的书房密谈，叮嘱我一定要把握好这次良好的时机，甚至可以利用我的官方身份，向他们表示友好，必要时候，他也将出面，对他们发出邀请。按照总统先生的预测，未来某一天，我们有可能要用更加平等的态度和他们对话。确实，在我看来，这并非不可能的事情！”

“爵士，如您所说，我知道自己该怎么做了！我想，我需要学习一些关于那个国家近况的详细介绍。”

“您是个出色的顾问！”凯恩行了个礼告退。途经大厅时，走廊两侧几件上了年份的青铜灯饰闪耀着神秘智慧的亮光。

“万国博览会？我听到一点儿消息，走出国门去国外进行展览，听起来是不错，但是所有的开销要我们自行承担！这就要好好说道说道了！”

“孙老板，您是我们山东数得过来的大商人。如果说连您都打起退堂鼓，那其他的字号就更筹措不开了。而且，数遍这鲁西北，也就你们酱园的东西品种最齐全，最具代表性了。总统阁下对这次博览会非常看重，我们还指望您能有所斩获呢！”

孙耀祖端起茶杯，猛灌下一大口茶水，沉吟着不说话。一旁的本县知事梁博海向孙耀祖意味深长地看了一眼，并没有急于催促。

“梁知事，听京里的朋友提起，这万国博览会可是总统的美国顾问在办理，总统大人对此非常支持，早就下了总统令，若是愿意参加的企业，财政上是有所支持的，可如今，却要自行办理！难不成说大总统的命令离开京城没两步，就不好使了？”

这老头果然是手眼通天不好对付啊，不知道上面那笔经费的事情他知道多少。管不了那么多了，昨天我拿的那点儿，不过是些虎口余食，上面几位大人还不知道克扣下来多少呢！略一思忖，梁博海就放下心来："哈，孙老板的朋友果然是不凡，连这些消息都能打探到，可你是只知其一不知其二啊！上头这一纸命令倒是下得轻松随意，可相关的款项，却让地方自行筹措。地方的难处，孙老板你应该清楚的，水旱灾害不断，连我们这些公务人员都捉襟见肘了，又怎么忍心再去加重民众负担呢？不过孙老板放心，欠您的钱，等来年年景好了，我们一准给您补上！”

“打住！打住！知事大人这顶大帽子，小民可接不住。我孙某人还需要考虑考虑！”

“孙老板，我今天来，可不是和你商量来着！”梁博海不阴不阳地接上一句。一时间，房间的气氛有些凝固。

——啪！孙耀祖把茶碗往茶几上一扣。

“哼！梁知事，你可别欺人太甚！我们老孙家这辈人比祖上是差了些风水，但也并不是一事无成的。你这威胁，在我这儿可没什么用处！”

梁博海脸色一变，随即阴冷下来：“孙老板，我自然知道你们家的能耐，否则贵公子孙劲风也不可能犯下那么大的事情，还能在家中有恃无恐！”

“好！好！那你今天这一出是什么意思？”孙耀祖怒极反笑。

“让你们出国展览，那是将军的意思。贵公子能那么快就脱离苦海，将军可是下了大力气的，这个面子，想必孙老板心里掂量得过来吧？”梁博海冷笑一声，这话他太敢说了，别说孙耀祖不敢去验证将军的话，就算敢了，这博览会的大部分款项也是孝敬给将军了，他会搬起石头砸自己的脚？

孙耀祖愣住了，明白这一遭怕是不好对付了。

“孙老板，你抓紧筹措吧。我还有些公务要处理，就先告辞了。三天之后，我带特使大人过来商议具体的出国事宜！”梁博海冷笑着站起身来，将衣衫上的皱褶抚平，大步离开。

孙耀祖气得直哆嗦。管家赶忙上前，用那一成不变的笑容礼节性地送走了这个他已经打交道多次的笑面虎。

“老爷？”

“太放肆了！这人平日里就是喂不饱的一只白眼狼。要是早上个十多年，老太爷教出来的几个学生都是雄霸一方的主，哪轮到这帮宵小兴风作浪！”

老管家没有接茬，他知道这个侍奉多年的老主子的脾性，事情赶在火头上，他需要胡乱发一通脾气；可等真正处理的时候，丁是丁卯是卯一点儿不带含糊！

“梁大人，你说那老小子能老老实实地答应吗？”刚出府门，门口候着的县府文书老曹就迎了上去，将马缰绳递给梁博海，弯下身子让其借力上马，自己忙不迭地跨上后面的劣马紧步跟上。

“老老实实！呵，孙家人是老江湖了，事情轻重他拿捏得准，就算他朝中有人又如何，在这个地界，是龙是虎都要低头！”

“是是是！大人教导得极是，这般学问够我领会一辈子了！”

“老曹啊，这次的事情，手脚一定要利索。虽说这上上下下在这里面都得了好处，但都是只可意会决不能言传的。姓孙的北京关系不弱，他家老太爷当年的同僚旧属现在不少都是政府要员，要是他憋不下这口气，也是麻烦！记住，我们加收的关于这次博览会的税金，对外一定宣称是‘乐捐’，就说是省里的摊派。对了，那个新来的特使银子要花足了，不该省的别省，直接送也不至于，他这个层级没资格拿多少，但是去烟花柳巷、吃吃喝喝等方面千万不要怠慢了！”

“大人放心，这种事情，我肯定不会有丝毫迷糊的！”

第2章

立冬——百年世博，为国出国（下）

“都是你，没事找事。到头来还是劳烦家里给你破财消灾！现在竟然还想当什么大善人，让我去把你的同伙一个个全救出来，你也太高看你这没用的老子了！”

孙劲风垂着头耷拉着脸不作声，对于父亲的指责他无言以对。虽说凭着一腔热血在开始的时候能够勇往直前，但在黑漆漆的牢门里关了四五天，整日里听着隔壁刑房惨无人道的鬼哭狼嚎，这阵仗就把这个涉世未深的年轻人唬住了。他是幸运的，刚刚进去家里人立马就打点了钱财，没让他吃什么苦头。隔几天出去的时候，他听见狱卒嘀咕，上面对这件事非常恼火，这一批人是打算要杀一儆百的！孙劲风知道，这不是吓唬人。过去学生游行总仗着警察军队顶多收押打骂，不会出人命官司，可出来时候就听人议论，北平的学生冲击政府的时候，现场架起了机关枪。报道上含含糊糊说误伤了几个人，但鬼才会相信政府的报道呢！

孙耀祖越说越激动，手里的茶碗“嗖”地就向不远的儿子甩去，仓促之下倒是没个准头，擦着孙劲风耳朵边飞过去。热水溅在脸上，孙劲风没敢躲避，茶碗碰在廊柱上碎成几瓣，他知道这时候畏畏缩缩，父亲会更看不起，说不准一个激动就会上手毒打，大丈夫忍一时风波就能风平浪静，孙劲风暗自宽慰。

“老爷，孔先生来了。”

“我谁也不见！”

“老爷，是孔先生！”

“孔什么——什么，贤弟回来了，快请！”

山东这地界，但凡姓孔，说话间就要留个心眼，十有八九就和历史上那个大圣人一脉相承。这个家族可了不得，普通的达官贵人，富不过三代盛极而衰，可他们历经唐宋元明清，不管是谁执掌政权，都对他们礼敬有加，见官大三级都算客气的，孔家周边的地方官上任，都需要先征询这个家族的意见。如今虽然是民国了，封建那一套几乎是要被一棍子打死，可唯独有两人当局还是保留了相当的尊敬，一个是宣统小皇帝，另一个就是曲阜孔家。

这孔先生叫作孔佩仁，在当地也是个怪人，孔家家谱上明白无误记上的本家人，却机缘巧合去国外游学过一段时间。虽然因为家族的缘故，没正经地读个文凭，可绝对是称得上学贯中西。不是他不想得个头衔，老祖宗的规矩，谁能给万世师表的后人颁发学历啊！这不是打脸嘛！但孔佩仁的学问，按照外国人的说法，那叫作具备博士教育同等学历！孙家祖上出过一个两江总督，那时候和孔家也能同桌搭话，但到孙耀祖这一辈就有些巴结的味道了。那时候孙耀祖这一脉已经接手了酱园生意，逢年过节会带着精挑细选的酱菜八大样去孔府拜见，他和孔佩仁就是那个时候认识的。孙耀祖虽然没考上功名，可国学底子还算扎实。孔佩仁比他小十多岁，又是偏房出生不是很受重视。两人一个聪明伶俐，一个忠厚老实，倒是延续了祖上的交情。孔佩仁在外面游学期间，一旦馋家里的酱菜了，就托口信给孙大哥。孙耀祖千挑万选找些能长期储存的，用坛子密封了给孔佩仁捎过去。而孔佩仁每次回家，第一站就是来找孙耀祖谈古论今。

说话间，孔佩仁已经进来了，虽然换上一身传统样式，可走路的习惯，举手投足，仍透着十足的西式风范。

“二哥，这是怎么了？隔着大老远就听到你发脾气？”

“兄弟啊，你可回来了！你不知道你这不成器的大侄儿，整天就晓得给家里招事！”

“二哥说的可是那帮子学生大游行的事儿？”

“你也听说了！你说说，这帮子学生，家里花那么大代价送出去学点东西，图的是什么，国家大事，是他们这帮小祖宗该管的吗？气死我了！他倒是潇洒，这一烂摊子事儿，我到现在都没拾掇干净！”

孔佩仁斜眯一眼这自小看着长大的大侄儿，他正挤眉弄眼示意自己帮忙应付了这关，叹息一声，这小子啊！这么大了还是这德行，打小时候闯祸就靠着自己劝和，现在还是这样子。想到这儿，内心无奈中也包含了一阵别样的温暖：“二哥，论手段，冲动了些。可就事论事，这小子没做错！”

“没错。”孙耀祖有点错愕，但面对这位老弟，他可要耐心听一听了。不论是家世、交情还是见地，面前这位说的话都值得他洗耳恭听。

“二哥，你知道我这次出去有多触目惊心吗？靠着祖上的光荣，虽然我中华儿女的日子每况愈下，但我们家的日子过得一直不差，这视野眼界不自觉地就坐井观天了。可这一次去了一趟广东，又顺道搭船去国外瞧了瞧，这心里是滴着血地疼。外国人叫我们什么？‘猪仔’！说我们是‘只会出工出力的畜生’！在外国游历那些日子，那些碰到大机缘发了家的华商听说我是老孔家的后代，一路上照应得非常周到，可是面对那些本地区的人，特别是那些所谓的老牌贵族，就算是陪着笑脸也讨不了好！咱老祖宗说了‘伸手不打笑脸人’，但那帮外国人就是实实在在地给我们一个大耳刮子啊！”

孙耀祖听了，脸上红一阵白一阵，这事情他自然心知肚明。早些时候，那些外邦仅在沿海地区横行，在内陆感受不深。可这几年，那些人的手越来越长，只要有钱赚，他们不论如何都要横插一杠子。酱菜这行当，本小利薄，工艺复杂，经营多年根深蒂固，本来是不碍着他们什么事情，可大家伙儿都被他们剥削得一穷二白，连稀粥都喝不上，谁还用得起酱菜？北京天津光景还好点，山东情况最糟糕，这几年生意缩水不下五成。最可气的是，本省召开的商帮大会，两个日本人竟然登堂入室，对于已经决策的事项说三道四，会场里面竟然没有一个人敢呵斥反驳。孙耀祖起初倒有心出头，可被一旁的多年好友梁三爷拉了下来：“老孙啊，别触这个霉头了。最近政府对于这帮日本人一再忍让，看样是有求于他们啊！下面这些小官小吏的听到风声，就更是卑躬屈膝，你就忍一忍吧！否则到头来还是你吃亏啊！”忍一忍！忍一忍！从鸦片战争忍到现在，中国人忍到哪一天才是个头啊！

孔佩仁讲到激动处，站起身子在屋子里踱着步：“有次吃饭，当地的华人领袖兴冲冲地告诉我，他邀请了本地区最有名望的人来陪客。那高鼻子一进来，就鼻子不是鼻子，眼不是眼。好容易主人家介绍到我，反复向对方说明孔夫子对于中国人的特殊意义，倒不是高看自己，但最起码也要给我祖宗一份薄面吧！可那小子仍旧是拿腔拿调的，满口胡言乱语，还对我批评指教。看着主人家的忍让赔笑，我没法发作，一顿饭吃得我火气冲天。末了，我问这人到底是什么身份，告诉我这是当地的警察局长。局长！在国内，就算是和省长照面，也不能对我这个态度啊！怎么办呢，国家不行，国民出去了，就硬生生地矮一头！屈辱！屈辱啊！”

“唉，政府都是缩头乌龟，民众要是强做出头鸟，肯定是没有好下场的！”

“不！孙兄，我倒认为这次博览会是个扬名世界、展览中华的绝佳机会。咱也让那帮外国人瞧瞧，这平凡、简单的瓜果菜蔬，经我们的手，就能做成包罗万千的美味佳肴。我在欧洲就听到这个盛会的消息了。到时候，世界上所有的国家都会派代表带着各自的产品去参会，评委也是请一些有地位、有身份的正派人和专业人士担任。在这获奖，就相当于得到了世界的认可！二哥，这一趟，我认为就算是赔本赚吆喝，都非常值得！”

“贤弟，不瞒你说，我虽然一辈子没出过国，在省城也听几个新派的大先生讲过一些民族国家的道理。博览会的事情我早就听说，也有去的意思，可现在各家竞争那么激烈，我实在脱不开身。况且满打满算就剩下不到半年的时间，不怕你笑话，如今的玉堂，虽然骨架子还在，可是柜上恐怕已经出不起那么一大笔现银了。原本指望政府帮点忙，不过看今天这架势怕是没指望了！”

“父亲，我愿意替您走这一趟！”

“胡闹！这可不比在国内，真出什么事情，谁也帮不到你！”

“父亲，您就答应我吧！不给玉堂争个荣誉回来，我就不进这家门！”话还没讲完，孙劲风刷地往地上一跪，腰杆子挺得笔直，眼睛灼灼地盯着孙耀祖。

自己的儿子，自己最了解，做事总是三分冲动，遇难遇险就怂包了。孙耀祖正想借着这次的事情挖苦两句，可一回头，却被儿子那透着一股子狠劲的坚毅目光吸引了。父子连心，他知道，这小子是真上心了。

“难得，大侄儿有这样的志气，可佩可嘉！二哥，钱的事情你不要操心，我来筹措。这一趟我也跟着一起去，让外国人看看，中华饮食文化的博大精深！”

第 3 章

大暑——少年意气，自荐领命

客观评判，孙劲风之前活过的二十来年，和那个时代大多数富家子弟大同小异。养尊处优的童年，接受良好的家教；旧学的启蒙，老派先生循循善诱；入学之后开始接触新学，新思想、新浪潮爆炸一般地涌进他年轻、茁壮的生命，这一切让他备感新奇，同时又蠢蠢欲动、躁动不安。

那是进入学校的第一个年头，南边来了一个年轻的先生，是个激进得有些过分的人。上课第一天，在讲台上振臂一挥，用半个走廊都能听到的声音高呼："同学们，凡我国民，莫不以实现三民主义为毕生之光荣！"

这话一出，举座哗然，随之掌声雷动！不得不说，这个自称钱穆孙的小先生对孙中山的崇拜和追随确是达到了一个相当的程度。据他自己介绍说，他曾经和孙先生奔走南洋，募集资金，枪林弹雨，风餐露宿，不离不弃。自己的真名就是那时候弃之不用的。钱穆孙就是钱慕孙，只是他自己认为在中山先生面前，需要多几分肃穆和恭敬，才用了这个穆字。关于这点倒没人怀疑，虽然钱穆孙的很多举动鲁莽冲动得近乎可爱，可是演讲教学时的风度感染力，还真是三分神似孙先生。台下的青年男女内心中的那团火，全都被面前这一团更加炽烈的火焰，照耀得分外绚丽。

派遣钱穆孙来这儿的人，绝对是个拥有大智慧的领导者。论资历，和钱穆孙同辈的都已经是一方领袖，开始独立策划、组织一些活动了。但钱穆孙绝不适合做地区领导者，也不能做军人，更不适合当间谍，行政事务也稍有欠缺。唯有目前的这份教学工作，万分地适合他。他的光和热将会播撒出更多的火种，这些火种就是这个民族未来的希望和向往。

这一年是个极好的时间。前一年不行，各派势力水火不容，各方都是兵戎相见。后一年也不行，钱穆孙的众多战友就是在这一年被捕的。而钱穆孙，就在这个时间节点上到来，他被学生们神话为偶像，用了整整一年将激情牢牢播种在这些学生心里。

恰巧在清算的前几个月，因为组织缺少资金，更因为他出众的外语能力和演讲技巧，钱穆孙被派遣到海外继续做资金的募集工作。

他走了，却留下一群他教导出的得意门生。

“开门，开门！警察厅办案，包庇者同罪拿办！”

孙劲风是在家里被抓住的，他是那次集会一群人中最后一个落网的。家里人打算把他送到北京叔爷那边躲几天，再晚一天，按计划就能跟着一营调防的士兵启程了，上上下下全都打点好了。所以说，好运气是不能一而再再而三的！就像那份请愿书，孙劲风花了整个晚上苦思冥想，天快亮的时候，茅塞顿开，奋笔疾书，一挥而就，刚写完还没签上名字就呼呼大睡。同学上门拜访，知道他写了一夜就没打扰，看到文章全都啧啧赞叹，蹑手蹑脚地拿起请愿书离开了他家里。集会时候几十个核心成员刚把名字签上去，就被等候多时的密探一举擒获，仗着人多，大部分都跑掉了，可名单却被密探一路护送到警察厅。

对了，不仅是没有签名，孙劲风的字也没人认得。因为家教的关系，孙劲风的字打小儿写得就太标准，因为标准所以没什么特色，这反而莫名其妙地保护了孙劲风。孙劲风入狱仅仅定性为疑似参与活动，除此之外查无实据。

孙劲风被稀里糊涂地往牢里一关，单间独栋，既没人管他，也没人过来审问，就是到点时候有人会送几个包子作为饭食，虽说比不得他在外面的餐饭，可在这地方，这待遇算是顶好的了。

几天时间一过，这样的冷处理，让最开始酝酿了许久热情夹带着一股子坚贞信念的孙劲风一拳头打在了棉花上。酷刑呢？逼供呢？威逼利诱呢？孙劲风有些颓然地看着窗户缝间射入的阳光。隔壁几个大套间像是有熟人，热热闹闹的，但孙劲风刚一大声招呼，那边狱卒就冷言呵斥，不准与对面应答，像是故意要把他孤立似的。

孙劲风一个人待在那儿，思绪万千，从愤怒、寂寞、暴躁到平静、呆滞、惶然，这些情绪轮番交替，周而复始。

胡三的猜测是对的。孙家瘦死的骆驼比马大，硬生生用银钱将衙门上下打点透彻了。唯一让他郁闷的是，自己把孙劲风的事情描述得严重了些，到最后不少银子都被上面笑纳了，自己作为具体逮捕看押的人，反而统共就混到两顿饭，几个小钱，但上面已经发话了，孙劲风定性为误抓，无罪释放。

孙劲风出来那天就后悔了。同学们都出事了，唯独自己被无罪释放，大家会不会认为这是背叛同学们换来的自由？外面说什么的都有，孙劲风只好整日在家做缩头乌龟，可这样就免不了和父亲见面，更是招他厌烦。

所以，博览会这事情一定要包揽下来，而且必须要做好。钱先生讲过，博览会那是在外国人面前给老祖宗争脸面的。孙劲风太需要露这个脸了，他要躲得远远的，等这件事情的风声过去，回来的时候，必须是带着一份荣耀，明明白白地衣锦还乡，否则这一遭他自己心里都过不去。

第4章

立秋——龙行于野，人成于难

“公子，我们必须加紧速度了，照这个脚程，天黑之前赶不到最近的市镇。这一带一直不安生，露宿野外，我怕招惹是非。”顾三摸出地图，努力辨识着这和实际地形有些不同的山川地貌。

“地方上做的地图怎么这么糟糕，道路桥梁没几个对得上的，河流山涧的比例也全都是错的。说起来，那帮德国人还真是让人服气，他们店里卖的地图，一些小地方都标注得清晰准确。”孙劲风猛灌下一大口水，漱了一口又吐出，顿时就神清气爽了。

“唉！人家可是当作军事地图来用的。我们国家的边境口岸，这帮外国人可比我们的官老爷还清楚！”

“大家伙儿赶把劲啊！等到了前面集镇，我们找一家好馆子，酒肉小菜、包子馒头，全都管够！”这一个多月的历练一点点地在改变着这个富家公子哥，在潜移默化中孙劲风慢慢地开始了他的脱胎换骨，仆仆风尘将他原本白皙的皮肤镀上了些许粗砺之感，话语间那份豪爽随性也拉近了他和帮佣们的距离。

“弟兄们，公子说的话大家都听到了吧，出来卖力气，最难得的就是有个贴心的好东家，公子这一路上待我们如何，大家都心知肚明，为了这份恩义，为了今晚的这顿犒劳，顾三拜托大家了！”

“全听东家吩咐！”一阵爽朗的应和声此起彼伏，车队略显松软疲惫的状态得到极大的改观。吆喝牲口，山歌打气，沉寂的车队一下子就热闹开来。一个真正的老把式从一只小口袋中摸出一把黑豆，让驮货的牲口舔进口里，并且细心地捋着它们的毛发，叮嘱道：“老伙计，拜托了！”这一头头牲口好像都听懂了一般，缓缓扶正了身体，愈发卖力地向前方奔去。

临行前两天，孙佩仁找到孙劲风，一脸的歉意：“大侄儿，没想到这个节骨眼出了变故，我怕是不能和你一起走了……”

“这……”孙劲风实在是心里没什么底。那天热血沸腾一口答应，等刚开始的狂热劲消退了一点儿，这路上的种种艰难就一股脑地涌现出来。外国？早几年，自己就算去下面乡镇征收蔬菜瓜果，也是管家仆役好几个陪着；去外省上学，虽然是一个人过去，但是街面的巡警、学校的老师、码头的大哥，也被老管家带着一个个打过关照。可现在远渡重洋，光是自己这脑袋瓜子能想到的困难就够头疼的了，更别说其他的明枪暗箭！为了这一趟，自己可是豁出去的。成！脸面荣耀，回来也算是衣锦还乡。可要是败了，这一顿灰头土脸可怎么收场啊！

“大侄儿，其实我正在办的事情你也晓得。前阵子学生游行，你小子倒是好运放出来了，可省城关着的学生还有不少，这些人都是大好的热血青年，可家里没有撑腰杆的人，谁也不敢触这个霉头帮他们说话。地方上几位贤达一看，这事情不好！可他们说话分量也不太够啊，于是一番合计就来到孔府，希望衍圣公他老人家能卖上几分在大总统面前的薄面，为这几个学生求情。其实衍圣公他老人家早就动了心思，于是就草拟了一封信函，想要直接面呈大总统。可按照家里的规矩，政府不主动召见，衍圣公是不能随意离开山东的。家里商议了一番，考虑到我出过洋，去过的地方多，场面上的事情也熟悉，就委托我去办这个差。”

孙劲风没话说了。为这事情，他也正犯愁呢。牢里关的都是昔日同窗好友，一群人虽然开始对他的提前释放有些误会，但大家都相识多年，这几天见到的几个同学大部分都对他表示理解，知道他家里也算是朝中有人，同校的几个希望他能出面请家中长辈说话，不求能全部解决，但能放出一个算一个。孙劲风这时候哪敢开口啊。自己出来付出的代价整天被父亲挂在嘴上喋喋不休，牢里的同学摊上的事情可比他还要严重，自己多少还能侥幸，但里面那几个上了名单的同学可是一点儿也脱不了干系的。上面发了那么大的火，总要有些人为这事情付出代价啊！

可他没想到，平时一直对他忽冷忽热的苏娅竟然约了他喝咖啡。苏娅家里是做棉纺的，在山东北部算得上名声显赫，父母在她小时候就出了意外，一直是叔叔养育。同学们刚刚出事，她连夜就找了那个平日里好像神通广大的叔叔。可叔叔一改慈眉善目的模样，呵斥道：“你一个小孩子，知道现在外面的血雨腥风吗?可不要因为你的任性,给家里人招惹祸患!”一席话把苏娅委屈哭了,转脸就躲到房间。学校还没有复课,知道孙劲风刚刚放出来第二天,苏娅感到一丝希望,立即就约了孙劲风去附近西餐馆吃饭。

这饭吃得有些闷,孙劲风不知道怎么开口,苏娅也没办法唐突。这家店的东西都是小碟装的,分量不多,可是按照顺序,上菜的节奏紧密。

红酒——开胃水果——餐前面包——小牛排——蔬菜汤——沙拉——

苏娅知道,要是照这个顺序,过一会儿恐怕就只能晚安再见,各回各家。

于是,在土豆泥端上来之前,她给两人的酒杯添上红酒。孙劲风抬起头,像是明白对面已经做好准备打破这一份沉默。

“劲风,再次祝贺,你能顺利出狱!”

“谢谢你的款待,这次真算是九死一生啊!”

“是的,也就是你,家里面能有门路,其他人恐怕就没有你这样的运气了!”

“别瞎想,政府怎么会对我们这些学生怎么样呢。他们一定能够渡过这次劫难。”孙劲风有些底气不足,了解真实情况的他自然知道,这次的事情太大了,这可不同于他们平时上街为了一些所谓的公民基本权益和警察的针锋相对,政府这是要动真格了!孙劲风将杯中酒一饮而尽,像是要刻意回避这个话题。

苏娅端起了杯,没有喝,微醺的面颊分外娇艳。苏娅逼视着孙劲风不说话。孙劲风开始躲闪着这对眼睛，他清楚自己对这个女子的爱慕。对，就是爱慕。喜欢是对于彼此双方而言的，可他明白这个女子的心思，肯定并不在自己身上。所以，这时候的对视，对他既是诱惑，更是未知的凶险。

苏娅像是下定了什么决心似的，将杯里的酒一饮而尽。

“劲风，我能求你件事吗？”

“什么事？”

“你应该知道的。”

孙劲风自然知道，苏娅是为了刘元。其实，孙劲风和刘元最开始相处得不错。刘元的家庭条件很差，父亲死得早，母亲传闻是出卖自己身体才把他送去上学的。这样的出身，锻炼出他远超常人的坚毅性格。母亲在他十五六岁时就去世了，刘元就靠着做些小工、算账之类的事情竟然也顺利进入了学堂半工半读。学堂里面课业紧，学费也没办法拖欠。孙劲风没想到，他会找到自己。

“同学，我想向你借点钱，你放心，我会在半年内还你，我也是这个学校的学生。”

这是孙劲风第一次见到刘元。据他自己说，刘元观察了很多人，才挑选他开口的，最后的结果是两人成了关系不错的朋友，并且一直维持到孙劲风发现自己追求爱慕了很久的苏娅正和刘元一起有说有笑地走在校园里。

“苏娅，我绝对不是故意，更不是冷漠无情，我承认我妒忌刘元，但这事情，我真的没有办法！”孙劲风实在不敢对视那双眼睛。

“你有办法的！”

“餐后水果——先生、小姐，你们的东西上齐了，祝你们用餐愉快！”

“劲风，我知道最终我不可能嫁给刘元的。他的出身、他的未来、他的现在应该都不行。门当户对在你我的家庭意味着什么，你最清楚的！”

孙劲风被这话惊到了，猛地抬起头，对上了那双眼睛。

苏娅没有躲闪：“如果，我是说如果，刘元和同学们能被放回来，劲风，我想我不会拒绝你来我们家做客，一起见一见我的叔叔！他或许对你会很满意！”

“那你呢？”

“我……我会尊重我叔叔的意见。”

“我是说你！”

“你是个值得相处的人！”苏娅的眼睛有些湿意。

“我回去试试，你等我消息！”

“去北京，找你叔爷。你又在动什么心思，还觉得给家里惹的祸不够大吗！”

“就是好久没见了，想去看看而已嘛……”孙劲风略有些底气不足地抗辩。

“不准，你给我老实在家待着，别说北京了，家门你都不要出去！送你到外面念个书，别的本事没有长进，倒是学会闹事了！这阵子你哪儿都别想去！”

孙劲风知道，父亲是动真格的了，家里的仆役应该是接到死命令，对他“照顾”得贴身不离，自己的零花钱也没办法去柜上随意支取，每天所能做的就是从前院走到后院读书吃饭，唯一的出门机会就是和父亲应酬。

这么闷了几天，孙劲风怕苏娅对他失望，鼓足勇气去求父亲。他知道，自己支支吾吾地反而空惹老头子生气，索性一五一十说了。结果，父亲更为生气，说是他为了一个女子竟然能开这个口，全然不顾家族利益，实在是不仁不孝，劈头盖脸地一顿喝骂。

“叔叔，这事情真有办法解决？”

“我估计没问题。”

“那我就放心了！”

“可我不放心你啊，你一个人去参加世博会，真的能行？”

“没问题的，没问题的！”

孙劲风没敢去找苏娅，托人带了口信，说是学生应该没事了。毕竟这事情还没个准数，况且也不算他的功劳，带个信，只是想让自己安心点。

在孔佩仁的斡旋劝说下，孙耀祖总算答应了让孙劲风出发，毕竟就这么一个宝贝儿子，要是不出去历练一番，别说是继承家业传承玉堂，日后就是糊口填食、自给自足，自己都对这个从小看着长大的“败家子”没什么信心。

第5章

小暑——重洋远渡，海上扬帆（上）

又走了两三个钟头，天渐渐开始擦黑。顾三停下脚步，借着微光打量前方，若有所思。

“公子，前面这段路可要多加小心！”

孙劲风凝神打量一番，有些惊疑：“顾大哥，前面地势看起来一览无余，不像是强人出没的地界啊？”

“唉！这可是黄坡岭的控制区，这地方被一伙悍匪占据，数量不多，不过百十号人，说起来也算侠义，穷苦人家，他们不但不去骚扰，对于危难的山民还会时不时接济，可要是商队富户从这过路，那就是雁过拔毛啊！对待普通商人，他们还留些情面，要是碰到恶名远扬或是发不义之财的，直接连财带命照单全收！”

“顾老板，这里虽然荒僻，但也算得上交通要道，官府就能容忍这帮悍匪在眼皮子底下作践？”

“哪能啊！去年新来个县长，在小站带过兵，知道前几任在黄坡岭都是无功而返，偏偏不信这个邪，带着亲兵、警察又从城里军营借了一队兵马，声势浩大，来了个分进合击。

到了山上，发现一个人都没有。循着脚印，绕着黄坡岭追了好几个时辰，却在坳口被打了伏击，包了饺子。黄坡岭的这帮人啥武器都有，正儿八经的毛瑟枪不到七杆，排枪、抬炮、猎枪，甚至还有不少弓箭，可在大当家孙胡子的带领下，得尽天时地利人和。最后，这位新县长带着一群残兵败将狼狈而逃。他哪里知道，孙胡子平日里常做善事，附近山民都是他的眼线，甚至警察队伍里，那些本地人都是孙胡子的内应。这位新县长凳子还没坐热，就因为这事情丢了官。孙胡子利用这一仗不仅名声大振，用缴获的兵器还把一帮兄弟的‘十八般兵器’全换成应手的家伙，附近穷苦的山民听闻风声不少过来投靠。如今这黄坡岭，可说是兵强马壮、雄踞一方！”

“这么邪乎！不过，听起来山上这伙人还算是一帮英雄好汉啊！”

“公子放心，孔先生既然让我陪同，我肯定要尽心尽力。这一趟，大家都小心点儿。虽说这帮土匪的规矩，破财免灾，但这些盘缠是孔先生筹集给你大用处的，要是在这儿浪费就辜负他一片苦心了！”

“一切就全仰仗顾老板了！”孙劲风郑重地对顾三抱拳。这一路上凶险不少，要不是顾三，可说是寸步难行。临出发，叔叔介绍顾三的时候，将自己的手交到顾老板手里，郑重托付，说此人是可以百分之百信任的。这一路上，顾三不仅逢山开道遇水搭桥，还教会自己很多人生道理，叔叔识人用人的眼光真不愧是孔子的后人啊！

“前面的队伍停一停，大家听好，用索套勒住马嘴，在马蹄上包上软布条，车轮绑一圈棉条，通过的时候，尽可能不要发出声音，只要过了这一条小道，就算是过了黄坡岭的地界了，有些老弟兄走过这里，这其中的厉害你们是晓得的！”

一众人低低地传话答应，小心地开始手上的动作，马匹似乎也感受到现场凝重的氛围，扬蹄走道的动作轻缓了许多。

“过！”顾三看了一眼一旁的孙劲风，暗暗赞叹，比之前几天，这富家少爷动作娴熟多了。开始经历事情手忙脚乱、慌张失措，还需要自己帮衬，但现在自己就能将坐骑打理好了，这小子果然像孔二爷说的，经历打磨，还是有成器的潜质啊！随后，顾三凝目打头，一马当先跑过这凶险之地。

“哎呀！哎哟！”一阵痛苦的呻吟声断断续续，离车队方位不远，顾三紧皱眉头，乱世草野，悲悯之心有时候并不该有，可见死不救，又失江湖道义……

“车队先走，顾老板，我们回马看看，是谁在这儿遭了难，能帮就尽量帮上一把！”孙劲风愣了片刻，回头吩咐道。

孙二顺这次是傻了眼。山上不知是哪个人什么时候放下的陷阱，难道是逮狼的吗？做得又大又深又隐蔽。自己不过下山偷着喝点小酒，嫌跟着几个人麻烦才一个人单溜。刚到这地界，就踩到浮土，顿时就感觉天塌地陷，心道一声不好，赶忙蜷缩身形，避免受到更大的伤害，可这二百多斤的体重结结实实地砸下去，还是防备不及，左手拍到下面一排利刺，右脚又落在一对碗口粗的铁夹子上。孙二顺发出一声嘶吼，几乎要昏死过去，镇定心神在陷阱里勉强清理出一片空间，用力将铁架子撑开，歇息半晌就想往上爬。可这陷阱做得还真实在，怕是他们山寨没设之前，山里猎户抓大黑熊设下的套子，自己伤了一手一脚，行动大打折扣，这个高度试了好多次都爬不上去。盼着山上发现人丢了，到这边查找，可仔细一想，自己肆无忌惮地下山，就是因为老大外出采办武器弹药，老三当家主事，却不敢管他这个大当家的小舅子，要是等他们发现不对的时候过来找自己，怕是不饿死也冻死了！打算开口呼救，想着毕竟山寨平时积德不少，要是附近山民听到了，自己也能逃出生天。可刚喊几声又停下来了，官府虽然不敢明面得罪，但画像悬赏整天都挂在门口，死的活的明码标价，现如今虎落平阳，哪个不开眼的这时候插上一刀子，自己就阴沟里翻船了。于是，又缄默不语，将身上的衣服裹得紧了些，耳朵贴着陷阱的壁面，死死蛰伏着打量周围的动静。

孙劲风来这儿的时候，孙二顺已经盘着身子在下面五六个小时了。凭着多年的经验，孙二顺知道这是一支路过的商队，他清楚这样的好机会要是抓不住，自己的命运怕真是要生死由天了！于是，扯起嗓子呼救，可因为在下面时间太长，又困又乏，嗓子直冒烟，就好像一只被烧到喉咙的老乌鸦一样，听起来怪异而又微弱。

车队声音远去了，孙二顺感到心灰意冷、沮丧失望。天老爷，自己不会折在这地方了吧！

咦！

马蹄声！是马蹄声，前面远去的声音里，有两种马蹄声从中分了出来，由远及近。马蹄上应该包了布匹，不是惯常的“嗒嗒”声，而是一种和大地接触的闷响，但此时的孙二顺听着这声音，可比“醉仙楼”最顶尖的姑娘的弹奏还美妙悦耳！

“兄弟，你怎么了，在下面还好吧！”马蹄声停下，一个俊秀的青年人的脑袋从上面居高临下地看着孙二顺。

“我……我是山上的猎户，叫鲁二，今天到后山来碰运气，不知道是谁设下的这个陷阱，在旁边也不做标记，一不留神就掉了下来，身上有伤，实在是没辙了，还望恩公能施以援手，兄弟感激不尽！”

“猎户？”顾三也凑上前来，借着微弱的火折子往下看了一眼，这相貌身形？哦！一丝笑意撇在嘴角。

“顾老板，我们把他拉上来？”

顾三打量一下洞里人的身形，麻利地从马上卸下两捆绳子，一端固定在马的腰身，另一端准确地砸向孙二顺清理出的那一片空地：“把自己绑好！”

孙二顺对上面两人感激地一抱拳，也不多话，把绳子在肩背腰身捆束好，一马三人努力了半天，总算是把孙二顺成功地拉了上来。

孙二顺本想招呼一声自己回山，可忍着痛试了几次，跌跌撞撞站立不稳，实在支持不住。

顾三：“少爷，这救人就救到底，要是现在半路把他丢下来，不仅前面救人的功德没了，反而等于亲手害了一条性命。看这小伙子也是个憨厚老实人，就带着一起走，到前面镇上给他找个医馆吧！”

孙劲风望向顾三，顾三微微点了点头示意他安心："好！兄弟，你就到后面那个空着的大车上，有什么事情招呼我们一声，出门在外，谁还没个难处啊！"

顾三帮着把孙二顺扶上了车，看着孙二顺棉袄后腰微微隆起的一团，若有所思，却什么话都没说。

第6章

小暑——重洋远渡，海上扬帆（下）

“什么，凌云镇上一个医生都没有了？”

乍一听到这事情，孙劲风一行上下都感到有些荒诞离奇。这天下哪有这种事情啊！一个近千人口的小镇，竟然一个医生都找不到！这些村民平时都不生病吗？有个头疼脑热，他们都是怎么解决的？

作为当事人的孙二顺却是一脸苦笑。起初说是来凌云镇，还没反应过来，心道面前几个人想事情还真是周到，一心为自己周全，想着要是一个人还真没法子爬回山寨。可后来一琢磨，到这凌云镇上找医生，他忍不住一阵苦笑。这镇上哪还有什么医生！

说起来，这好事还是他干的呢！前些日子，黄坡岭和附近某个山头的司令抢地盘，仗打赢了，可手下不少兄弟伤得不轻。山上药不缺。山东这条线运送药材的不少，打黄坡岭过去一年也有好几拨，稍微打打秋风，山上就足够用的。可山上那个所谓的军医过去是干兽医的，勉强上岗，算是赶鸭子上架，小伤小病还得照着医书摸着石头过河，稍微复杂的伤口手术就有点死马当活马医的味道了。毕竟那些穷苦山民可以自愿逼上梁山，可医生大夫这样的知识分子到哪儿没口饭吃啊，所以打心眼里还是瞧不上这帮土匪流寇。

这一场仗，十来个兄弟在地上哀嚎。因为治疗不及时，当晚就死了一个。孙二顺一发狠，第二天就吩咐人下山，把凌云镇上最大医馆的坐堂医生给绑上了山，连哄带骗让他给兄弟们治伤。人家可是有真材实料的，在省城学过两年，中西医都知道些门道，忙前忙后两三天，几个兄弟的命都保住了。答谢的宴会上，两方一商量，山寨里正需要这样的人才。于是，一众人诚意挽留，而这个医生治伤时就动开了心思，山上的土匪对他又尊重又友善，平日里递根烟送点小钱殷勤照顾，分战利品允许他第一个挑，打仗时却躲在最后面还有专人保护，这好事到哪儿找去啊！得嘞！一拍即合，这家伙就算是入伙了！

可镇子里面不知道这些情况啊，风传是山上要打大仗了，开始抓山下的医生，要是一去可都回不来了，吓得镇上的医生纷纷跑到其他地方另谋生路。山寨为此事哭笑不得，正说着过几天让医生回趟家，定能够让这谣言不攻自破呢！

“医生走了，药材不缺吧？”顾三安顿好大家吃喝住下，询问身旁的掌柜。此时的孙二顺怕被人认出，推说伤口疼痛，刚到客栈就躲在房间不肯出来。

“药材倒是齐备，离着几步路的‘仁义堂’各种药材都有。山下没医生，可苦了我们这些小老百姓。小病小痛忍忍也就过去了，可是疑难杂症，这一忍怕要憋出大毛病，只能互相帮衬着去临近的集镇治疗。这不，我们家那口子还打算明天赶牛车出去，她都烧了好几天没退了！”

“药店的老板在吗？我想去配几味药，先给伤着的兄弟用上。”

“配药，您是医生？那能不能给我家婆娘看一看！”

看着一脸激动就要作揖的掌柜先生，顾三一把拉住他说道:“让这位大哥见笑了,我早些年在军中效力,经常外出征战,跌打损伤等不到军医过来，都是我们自己处理的。可您说的疑难杂症，就真没有办法了。”

“唉，那只能明天去临镇碰碰运气了。这一趟来回，太折腾人了！婆娘的状态不知道能否支撑得住啊！”

“这样吧，一会儿我先瞅一眼。看不看得懂，就全凭运气了。”顾三有些不忍。

“那就先谢过了！那家药店老板啊，一看到坐堂医生都走了，自己守着这店铺也没招啊，前几天就出去想办法了，钥匙留给我让我帮忙看着。您要是需要啊，只管去拿，名贵的药材八成被这个吝啬鬼随身带走了，但是日常用的，那边应该都能找到。”

“成！”

顾三进了药材铺,略略思索了一番,总算整理出一份消炎、镇痛、伤口愈合的方子。看得出来，原先在这儿的医生应该是个老先生，做事认真细致，各类药材的名称用小楷贴在各个板子上。顾三没费多少工夫就找齐了。

这时候，那个掌柜先生也把自己的妻子领过来了。女人脸色蜡黄，虚汗直冒，稍稍动作，就上气不接下气。顾三暗道，这妇人还真是运气，这病要是旁人得了，就算是名医都不一定打包票说有办法，可得幸碰到顾三了！

那次行军，顾三也是这种症状。这一小队人马上上下下都怕是传染病，平时一个锅里吃饭的兄弟都面露难色。可是大哥不同意，硬生生和长官申请要了半个月的假期照顾自己，说是到时候只要活着就一定按时归队。一路上，大哥背着顾三小心地看护照顾。路过一个集镇，有个当地的土郎中开了一个方子，照着抓了药，连吃了好几副，竟然能下地行走。又换了一副药，顾三基本就痊愈了。那时候，生死攸关。顾三对这个方子记得分外清楚，如今看这夫人症状，应该是没错。

顾三把原委和掌柜及夫人说了，掌柜啧啧称奇，作势就要拜倒。顾三赶忙拉住，催促他按照方子把药抓齐，三步并作两步回去煎药。

孙二顺在房间里闭目养神，白日突遭惊吓的心这时已完全平复，说老实话，白天的失态并不是害怕，大老爷们，从十五岁离家跟着姐夫，生死攸关的事情也是数不胜数。要像今天这样，死得不明不白，那真是太冤枉了！

一阵轻缓的敲门声响起，打搅了孙二顺的思绪，刚想随意吆喝，一个激灵打住了，赶忙换了腔调答应：“请进！”

进来的是顾三，手上端着一碗药。

“顾老板，还劳烦你亲自过来照顾，实在不好意思！”

顾老板笑着放下药：“说这话就见外了不是，二顺兄弟！”

“顾老板，您……！”孙二顺目光一闪，手下意识地往后腰摸去，却发现空空荡荡，暗道一声不好，却见顾三手中拿的正是自己的手枪，此时笑吟吟地望着自己。

孙二顺打量一下四周，却发现退路已经完全封死：“阁下是哪一路的好汉，我孙二顺今天走眼了！”

“哈哈哈，二顺兄弟，我们虽然第一次见面，可是我从你姐夫嘴里对你已经算是十分熟悉了！先把药喝了吧，我们再好好叙叙！”

“姐夫？”

顾三将枪向孙二顺一扔。孙二顺稳稳接住，正想端枪防备，可转念一想，这枪人家既然能拿了又交还给自己，要不就是全无恶意，要不自己也是防不胜防。于是将枪往自己后腰一别，端起药碗一饮而尽，面无惧色地对上了顾三。

顾三暗赞一声，果然好胆气！

孙二顺一脸狐疑，看着面前这个细心帮自己敷药的汉子。

一番交谈，孙二顺恍然大悟。

“什么，三哥，你就是顾明敢！”

“小点声，隔墙有耳！”顾三摆摆手，打断了他的话。

孙二顺面露喜色，压低声音：“姐夫经常和我提起你，说这辈子交到最好的兄弟，就是你和二爷倪冲。当年兄弟三人好不快活，可惜二爷被清兵杀了，就剩下顾三哥你，能文能武，潇洒江湖，好几次说见你时要把我带着，可都不凑巧错过了！”

“你看看，这不就是缘分嘛！几年前，你们在县城照过一次相，你姐夫把照片随身带着，我拿过来瞄了一眼，心中有个印象。刚刚看见你，就感觉说不出的熟悉，后来仔细一想，我就知道是你了。好几年没见你姐夫，你们怎么在黄坡岭占山为王了？”

“唉，这就说来话长了。最初我们在青岛做点小生意，日子还过得去。可自从那些日本商人来了之后，就容不下我们中国人了，明枪暗箭，地痞无赖，轮番上阵，还勾结官府狼狈为奸。不到一年，姐夫就捉襟见肘了。带着最后一批货途经这里的时候，被一群打了败仗的兵痞劫掠，我们一时气不过，就把这帮蟊贼全干掉了。手上有了人命官司，也没有了好活路，索性就在这地方占山为王，大口喝酒，大口吃肉，比老老实实当个生意人爽性多了！”

“我也说黄坡岭这么大名气是谁当家呢，没承想是你们啊！正好，我现下就有事情要麻烦大哥，等把孙公子他们送到海边，我就和你回去见大哥。”

“三哥，我听你的，孙公子他们是去？”

“他们啊！他们也在干一件光耀我中华的大事！”

“送君千里终须一别，孙公子，我还有事只能送到这儿了！”

“顾大哥，这一路上多亏你了！”孙劲风暗道可惜，本来叔叔交代，要是可能，能让顾三同去国外自然最好，但不可强求，现在看这情况这口是没法开了。

“不要客气，要是有缘以后我们还会见面的。”

“那今晚我们不醉不休！”

“老板，今晚好酒好肉给我尽管上！要是钱不够，我明早再给你补上！”孙劲风将一小袋大洋扔了过去，老板赶忙过来接着。

“足够了，足够了，放心，今天小店不对外营业，专门照应公子！”

一晚上，一众人喝得酩酊大醉，好不快活。

蒙眬中，孙劲风听到顾三凑上前来耳语一句：“你的钱老师和我提过，你是一个很有志气的青年，加油，珍重！记住，我们这个国家很大，未来需要各种各样的人才，希望你能带着你们家族的酱菜为这个千疮百孔的国度争取一份荣耀！更祝愿你今后为这个伤痕累累的国家做更多男人应该干的事情！”

孙劲风紧紧握着顾三的手，一种属于男人的友谊不言而喻，两人将杯中的酒一饮而尽。

第二天。

“三哥，不去打声招呼吗？”

“走吧，要是这次起义成功，我们会给他们带来一个崭新的国家，要是……算了！我们快回去吧，更多的兄弟还等着我们呢！”

这是孙劲风最后一次见到他们。不知道顾三和黄坡岭的这些好汉最后死在哪一个战场上，用的又是什么名字，但他明白，这些人死的时候，都是那么义无反顾，因为他们始终坚定自己的信仰，因为他们的眼里都能看到一个自由民主的国家！

汽笛声响起，商船“自由号”向着美国本土驶去，这是一段长达三个多月的旅程，表面风平浪静的大海内里却是暗流涌动。

甲板上，孙劲风近距离深切地感受到外国科技的伟大。“自由号”是美国新近下水的船只，是由大西洋航运公司委托英国、法国、德国生产其中的部分部件，最后在美国的船坞中完成组装的，代表了那个时代最先进的航运技术。在经验丰富的船长哈恩的领导下，船只稳健迅猛地在大海中疾驰，除了在部分港口停留补给外，其他时间都处于高速航行中。孙劲风询问哈恩船长大概的到港时间。粗粗估算了一下，完全赶得上比赛的时间。于是，放下心来，专心享受这一趟美妙的海上行程。

“孙，你是一个很有魅力的年轻人。到美国之后，我要请你去最地道的酒吧干上一杯！”

“干杯！”孙劲风面露微笑地举起面前的酒杯，一桌金发碧眼的年轻人一想到刚刚中国白酒充斥在口中那种刺鼻、热辣的味道，眉头不由得皱了起来。

“孙，你刚刚说，你们家族的企业有近二百年的历史，比我们国家的历史还要长，这是真的吗？”俄国人伊万笑着问道。

“当然！”孙劲风面露微笑地将杯中的白酒一饮而尽，看着对面一个个龇牙咧嘴却无论如何也喝不下去的国际友人们，不由得哈哈大笑。起初这帮人并不肯和他一个东方人玩到一块儿，可几轮桥牌打下来，孙劲风凭借过人的记牌能力，在牌桌上大杀四方，这些人就有些服气。到了晚上，孙劲风还主动做东设宴款待，故意用随身带的家酿白酒。几轮酒过去，几位国际友人纷纷告饶。席间，孙劲风对于世界历史的熟悉以及言谈之间表露的风度，很快就让这帮年轻人消除隔阂，完全接纳了自己。

美国人比尔听到这话，老脸一臊，知道他又开始故意针对自己了，于是也针锋相对：“但是，那些历史悠久的国家，在近些年，可是连遭败仗！”

比尔刚说完，突然意识到孙劲风也在场："不好意思，孙！我不是说你，我很爱你们国家的文化，很向往东方的一切，所以才主动申请来这儿学习考察。"

"没关系。我知道，我的国家在这段时间有些不尽如人意，但我相信，靠着我们这辈人的努力，一定可以改变目前的状况！"

"干杯！"

比尔主动端起杯子，硬着头皮一饮而尽。其他人看了，也只好像喝药水一样，一口灌了下去。

"孙，我们海上的航程还要很久，不如你给我们讲讲你的家族企业吧！我们也吃了你说的叫作酱菜的东西，不管是下酒，还是就着面包，这都很美味。玉堂！二百年，足足二百年啊！这其中一定有很多故事，你可要给我们好好讲讲！"

"那好吧！我知道你们的国家很重视历史资料的传承，玉堂的历史在以前也是有专门的人记下的。在我八岁时候，我父亲就开始把这些讲授给我了。这真是一段浪漫、传奇而又跌宕起伏的故事！"

"哈哈哈，有趣，像是我们西方的《十日谈》一样。这样吧，我提一个建议，下面的晚餐我们轮流负责请客，你可以在船上的餐厅随意挑选餐点，算作我们听故事的报酬。大家认为这怎么样？"

"赞同！"

"听起来很棒！"

"这是个不错的主意！"

“好吧，让我理理思路。我记得，你们西方有个伟大的剧作家叫莎士比亚，他的一切悲剧大多缘起于一段美丽浪漫的爱情故事，玉堂的经历其实也开始于一段不寻常的爱情……”

第7章

雨水——有草于野，有你心头

望着身旁佝偻却依旧倩丽的身影，戴阿堂沟壑纵横的脸上，立时就溢满了笑。冬日的暖阳从窗户的缝隙倾泻而下，老人如此地恬淡满足。

戴阿堂轻握住妻子的手，不承想却一下子惊到了她。满头银丝的女子眉头轻皱，脸上竟浮现出小女孩一般的惊惶，她的手胡乱地在空中想要握住什么。戴阿堂赶紧找到她的手轻握了一下回应。这个上了年纪的小女孩，表情一下子就放松了，顿了一顿又沉沉睡去。

戴阿堂轻叹一口气，不敢再有动作打扰身边的心爱之人，半僵着身子陪在一边，看着大下午的太阳投射在屋子里的斑驳光影，思绪止不住想到三十多年前，和妻子第一次的遇见。

“阿堂！阿堂！”

“啊？”戴阿堂的目光紧盯着对面街角那个翠衫粉裙的女子。无意中的一瞥，那个身影却像是长在眼睛里一样，越长越大、越长越密，紧紧地嵌在了他的眼中，极短的时间就将这个年轻人的心密密匝匝地占据。

“阿堂！”孙宁加大了音量。

“姐夫，我想……”

“啥，你咋了？”木讷憨实的船家汉子孙宁显然没察觉到小舅子的异样，不过这个从小就被当个读书人培养的小舅子，在他看来才是名副其实的傻气。

“那个女孩，我……”一股没来由的勇气，让戴阿堂有些耍赖般地肆无忌惮，他缓缓抬起了不断打颤的手，坚定地指向了那个女子的方向。

“我要娶她！”

四个字坚定而又干脆。一旁的孙宁错愕、惊诧、欢喜，看着面前这个白净的青年人，愣愣地没反应过来。

“我要娶她！”

戴阿堂声音颤抖地又重复了一遍。

孙宁这回听清楚了，他快速地调动自己浆糊般的大脑，去接受这突如其来的讯息。一旁的小舅子已经大踏步向那个女孩走过去。

戴阿堂明白，一生，注定要有一次义无反顾的勇敢！

女孩有些惊疑地抬起了头，看着这个不断靠近的年轻人。那一双眼睛，痴迷、坚毅，但脸颊却臊得通红。不知怎么的，女孩就那么定定地站在原地，望着他，没有丝毫的惊慌，小虎牙微咬着嘴唇。

戴阿堂触电般地立住了。那一刻，他知道，今后生命中唯独的必需品，就是这个女子！

这么想着，时间也不知道过去多久，阳光似乎没有刚刚那样的热烈狂欢了。

“钰儿，钰儿！”

戴阿堂的心忽地那么一紧，刚刚怎么又睡着了？平时已经醒来读书了，今天是怎么了？睁开眼，天色已经开始昏黑，他晃了晃脑袋向枕边人看去，面色安详，熟睡如故，手还微微握着他的手。熟睡如故？不！不！不对！

他的手在鼻子下探了探。啊！“来人！”——声音有些嘶哑——唉！

算了！戴阿堂的声音断成两截没有发出声来。粗通医理的他知道，再去折腾其实并没有太大作用，望着这个陪伴自己走过一辈子时光的女子，喃喃自语：“也罢！都是命数。钰儿，这最后一程，我们就两个人过，不要让任何人再来打扰了。下辈子，我们还像这样。”

“你慢点儿，等等我！”

戴阿堂放平身边之人，轻吻了一下她，站起身子，仔细地整理了衣裳，看着桌上的纸笔，想写些字句，拿起后却又放弃了，蹑手蹑脚地回到她的身边，将她轻轻拥入怀中，生怕惊扰到她。

回忆翻涌不息，过往的一幕幕交叠往复。父母督促寒窗苦读、寄予厚望；姐姐溺爱、细心呵护、照应关心；玉堂初创亲人朋友鼎力相助；如日中天、雄踞地方、车水马龙。值了！值了！这一生算是值了！

晚饭时候，小孙子进来请安。

“爹！爹，爷爷好懒啊，睡到现在都不起来！”

“怎么还没起来？等着，我来去叫。”

“爹！爹！娘！来人啊！快来人啊！

一阵叠杂的脚步——静寂——不多会儿，哭声响起，随后整个大院哭声此起彼伏。

戴阿堂的胃部止不住泛着酸水，一天前咽下去的半截子青萝卜，这个时候消化得连渣都不剩一丁点儿，肠胃里稍一翻涌，整个人就抽搐个不停。

他再次打量周围的环境，这是一个废弃在芦苇丛中的破船，透过千疮百孔的船盖，密密匝匝的阳光带给人异样的疲软。一旁的场景并没有什么变化，偶尔，远远的地方听见人声传来，却并不敢言语。原本预备三四天的粮食在匆忙的逃跑路上丢了，千想万想见到接应的人时言语一声，可突然看到钰儿，脑子一下子空白得厉害，只听着对方的交代，一一点头答应，这么重要的事情到最后竟然就忘了。

船上翻找了好几遍也没有什么吃的，身上找到早饭剩下的半个米糕，推让着一人不过吃下去两口，细细咀嚼半天才一口咽了下去，可经历了紧张的追逃，这一点儿东西又能顶什么用，不多会儿肚子更饿了。

渔家子弟看见水，其实心里早就有了主意，可仔细打量了一番却明白这个季节这种水质并不会有什么收获，偷摸摸下去搜索半天，折腾好几次，才在裤管里找到三四个一指宽的小虾，戴阿堂用匕首把不能吃的部分割掉，直接塞进嘴里，强忍着一阵腥臭直往脑门里钻把它咽下去，一旁的女子学样，却抵不过这股子味道，忙不迭地又吐了出来。

没法子，戴阿堂趁着天黑游到岸边，又沿着河岸走了好远，才从近旁一个野田里翻找到一个漏网的青萝卜，还想走远，几个巡逻的兵丁手持着火把直晃他的眼，吓得他一动不敢动，等这一众人埋锅造饭时，才蹑手蹑脚地爬了回去。这么一小截路半个时辰才赶回去，后背密密匝匝的全都是汗，他将萝卜小心地用匕首劈成两截，将大些的那个递给一旁的女子，女子坚持把大的推给了他。

“后悔吗？”他侧过头，问依偎着他的女子，比上次看到的她，看起来憔悴很多。

“你呢？”

两人相视一笑，彼此心里都明白了。

第8章

寒露——寒意突至，快刀恩仇（上）

“小子，你真有那些乱党的消息？”

“大人，这还能有假！我们这些整日土里刨食的小老百姓，平常哪有这样的发财好机会！咱可先说好了，足足的一千两纹银，可不敢骗我？”

“只要你说的是真的，银子，一分也少不了你的！”

马冲总是感觉不太舒服，面前这个年轻人尽管打扮得邋里邋遢，但是骨子里凛然的正气却隐约可查。他杀过太多有这种气质的人，自己的官位就是用这些人的性命换来的，他不太相信给他这种感觉的人，会为了一点儿银子去出卖那几个在民间名声显赫的侠义之士！

管他呢！马冲转念又想，可能也是自己近来有些神经过敏，人穷志短可是亘古不变的真理。想到这儿，马冲宽心一笑，端起茶碗，猛灌了一口，呸着满口的茶叶，心里开始盘算：靠着这次立功，再打点些银子，就可以调回京里安度晚年了。这几年造孽不少，眼前这生灵涂炭、哀鸿遍野的地儿，还是眼不见心不烦的好。

“来人，上银子！”做了多年的地方官，马冲很清楚，实实在在的雪花银，比轻飘飘的银票更有说服力，他眯着眼打量了面前的人，看着来人眼角的那一丝不加掩饰的贪婪，马冲的疑虑消减了不少。可一等他视线移开，年轻人低下头，嘴角微微的弧度，却有些了然于心的锋芒。

“大人，这银子一会儿可要先送回我家啊！”年轻人搓着手满脸堆笑。

马冲不耐烦地摆了摆手，心下却宽慰许多。看样子，真是自己多心了。

“现在，你可以把你知道的，和本府老老实实交代了吧。”

年轻人忙不迭地屈身赔笑，凑近几步说道：“大人，那天一大早我给镇上酒家送柴火时候，酒楼老板拦下我，问我要不要做笔好买卖。听了详细，不过是把一大筐熟鸡熟鸭、大块牛羊、米饭点心之类送到乡下去，来回要大半天，但工钱好商量。今天他的伙计恰好有一个病了，店里没人。我给他家提供多年的柴火，也算老相识，况且这绝对是笔好买卖，于是就答应了。

“我帮他收拾的时候，发现东西还真不少，都是能长期保存的抹了盐的熟肉，心里犯疑，也不敢多问。出了镇子，他在前面带路，我后头跟着，不知道绕了多少个弯，其间还不停地穿林过水。就这么足足走了大半天，过了一道弯子，突然就敞亮了，谁想这世外桃源一样的地方竟然还有个上规模的小院，里头人很多，屋子里也有人，一个个正比划着招式。我看过县里面武术教头的表演，这几个功夫，瞧着都不差！其中两个漫笑着走上前来，刀口就在我近旁呼呼作响。看见饭店老板喜不自胜，明显和他是老熟人，几步上前揭开筐子，撕开一个纸包就把肉往嘴里送。吃得满意了，才回过头招呼我们两个。他们扔给了老板五两碎银子，交代了几句，才放我们进来。路过房间时候，我瞥了一眼屋里，好家伙，那不就是官府通缉了多时的几个主嘛！小人心里害怕，出了门后面似乎还有个人在跟着，走了好远才离开。老板对我千叮咛万嘱咐，还分了一两银子给我，并且告诫，长嘴是为了好好吃饭，要是多嘴多舌，可能连脑袋都没了。到了镇上，他还买了包子，分我同吃，又细心交代一番，直到我答应守口如瓶，还说下次再有这活，还让我跟着。好不容易老老实实回了家，原想着多一事不如少一事，可小人对朝廷那是忠心耿耿，怎么能知情不报呢，于是立马到大人这……”

“路认得吧？”马冲打断了他的话。

“认得，认得！”

“来人，把衙役、拳师，还有看家护院那几个都叫到府衙来！”

扬州府衙内暗流涌动。抬枪、弓箭、暗器、大刀、盾牌，一众人员都明白自己将要面对的是什么对手，来到武器库大门，一个个恨不能把自己武装到牙齿。他们明白，这一趟要是活着回来，拎上几个头颅，运气再好点能抓两个活的，积欠的赌账、酒账全都有了着落。到时候，要是大人高兴，请大家伙儿到如意楼叫上几个姑娘，摆上一桌子好酒好菜，神仙日子也不过如此啊！这险冒得太值了！

“都麻利着点，选的武器要称手，那帮人可是不要命的主儿！”护院的二管家摸着自己前胸的一道刀疤大声呵斥，想着上一次要是再偏一点点，自己也就完了，但是事后那二百两银子的花红，让他做了小半年的大爷。所以，这次听到事情，他还是毫不犹豫地要求做这个先锋！

另一边，一群渔民模样的人将一个个瓶瓶罐罐忙不迭地往屋子里堆。有个一身黑毛的粗壮中年人脚下一个打滑，差一点儿就摔倒了，手臂却紧紧地护着罐子，看架势哪怕结结实实摔下来也不会碰到分毫。旁边的马脸汉子眼疾手快，一招燕子穿堂稳住了他的身形。

“二哥，小心点，这里面是什么你清楚的！”

“没事儿，心急了。鬼知道那帮狗腿子怎么想起来在运河上加了一道关卡，这些新来的人都很脸生，也不知道是什么路数。要不是猴子胆大引开他们，我们就麻烦了。现在时间不多了！”黑壮汉子一脸凝重，看着不远处的荒野小道，手上动作却一点儿没停，将罐子掀起，利索地把里面的火药包缠在了一起。

“猴子，船上还剩多少？”

“就这些了，五哥，你瞅瞅这分量，只要站在院子里的人绝没可能完整走出去！”猴子放下最后一个罐子，迎着马脸汉子走来。

“大哥来了！”猴子一指河上的方向。

只见不远处小船上，一个六十来岁的老先生立在船头，一身码头做苦力的打扮，杂乱的胡须让这张棱角分明的脸并不怎么显山露水，可那一对眼睛却是亮堂得很，随意的一次扫视，都有泰山压顶的压迫感。

老先生没等船靠岸，一招振翅临云，腾空而起，转眼就停在一众人面前。“兄弟们好！”这声音清朗深沉，一圈子稀稀拉拉的人都听得清晰，却并没在这四周落下回声，此人内功果然了得。

“许大哥好！”众人赶忙还礼。

“啰嗦的话，老朽不多说了。大家能来，证明还没忘记自己大明朝遗民的身份，扬州府那老贼这些年杀了我们不少兄弟，我原本想亲自手刃那厮！可苦在我如今这个半官半民的身份还有大用处，江湖上熟人又太多，我轻易不能暴露，只好劳烦诸位了！一切拜托！”

“大哥放心，这里就交给我们！您赶快回去，出来久了，会惹人怀疑！”

“没事，我那边已经安排好了。这边不看一眼，我实在放心不下！”

一众人陪着他进到屋里。看着一对稻草下隐隐约约的事物，老先生点了点头。

“怎么没有扯引线？”突然，他意识到了什么，回过身问跟来的几人。

“这……”犹豫了半晌。马脸开了口：“猴子兄弟害怕火药点燃的气味声响引起那老贼怀疑，而且引线拉长了，时间不好把握，提出自己留下抛掷暴雷弹引燃火药……”

“什么？这怎么能行！他如何逃生！”

“大哥，您就成全我吧，老贼诡计多端，三年任期一到又不知道派往何处。没了这次，我们再难抓住机会了！再说，我们计划周密，我的灵猴乱步也练习多年，到时候逃出生天并不难！”

老先生叹了一口气，犹豫片刻，脱下贴身的护体内甲递给了猴子。猴子没有推辞，他知道大哥的心意，爽快地接过穿上了。

“真的没有什么牵挂了？”老人走到门边突然又顿住。

“大哥，你知道的，从你把我救出来的时候，我就只有你们这帮兄弟了。这么些年，在您的帮助下，那一个个仇人被我亲手在家人墓碑前祭祀了头颅，这辈子我没有遗憾了！”

“她呢？”

“她不爱我。”年轻人瘦削的脸上突然就温暖起来了，随即又坚定地摇了摇头。

老先生叹了口气，点了下头，一招燕子亮翅向小船上飘去。

“帮我照应着她，我要她幸福！”猴子愣了半晌，突然冲着老先生的背影吼道，模糊的双眼里，一个动人的倩影隐隐约约。

第 9 章

寒露——寒意突至，快刀恩仇（下）

“还有多远？”马冲已经带了一队人走了小半个时辰了。这里道路泥泞荒凉，算行程已经出了自己负责管辖的区域，周边的路况还那么千篇一律。不多会儿，就连行伍出身的马冲都糊涂了。

“大人，还要一会儿呢。小人只走过一次，这地界平时就不太平，附近几乎没人过来，现在边找边走，实在是快不了！”

马冲放下心来，想到刚刚把银子送到这厮府上，那一家子欢天喜地的场景。特别是，这家伙新娶那个媳妇，涂得厚厚的脂粉，一笑都有皱褶，配着夸张的腮红，已经看不清楚本身样子。还有家里那个瞎眼老太太，递过去一个银锭，两只手打摆子一样颤抖，摸得直乐呵。箱子抬进来，年轻人支支吾吾打发他们在外屋坐着，还以为别人不知道似的，把银子藏在做饭的灶子里。

虽然此刻已经不再怀疑，可马冲还是保持了必要的谨慎。他留下一个精干的手下，叮嘱他看住这两人。小心驶得万年船，这道理他一直奉为人生信条。从他背叛自己组织开始，谨慎就救过他无数次的命！再说了，哪能便宜这家伙白得那么多银子，就算是自己答应，手下的这伙虎狼之辈也不会让啊！

“大人你看，前面应该就是了！”带路的年轻人蹑手蹑脚地退后，指着前方说。

马冲顺着他手指方向望去，远处几间简单精致的临水小屋子，串联在一起用泥草交混着盖成，窗户都糊上纸张，看不清里面的事物。屋子前面用篱笆围拢了一个小院子，一个精瘦的年轻人捧着酒壶，面前小桌子上放着些熟食，背对着他们，不时扒拉几口。马冲精神大振，和先头四五人使了个眼色，将手对着后头用力一压，一众人心领神会，纷纷屏息静气蓄势待发。

小院的周围暗流涌动，一触即发！

“动手！”

屋外监视的差役狞笑一声，拔刀就想结果屋子里那一老一少，可冲进屋子却发现，屋子里出奇地静。一个明锐秀气的女子从里屋出来。他有些惊诧，这是哪里来的人，怎么在这里，手上不自觉地慢了半拍。女子对他一笑。他正琢磨自己该怎么回应时，一阵香风掠过，就莫名丢了性命！

屋子里又走出一个人，先前的老太太一改刚刚的臃肿老迈，飞身站起，揭开人皮面具，竟也是个三十左右的美妇人。她推开门，对年轻女子点下头:“走吧，那边应该也要动手了！我们趁这个机会，把阿堂兄弟的心上人先救出来，再抓紧找一找那个东西，这可是关系生死存亡的大事！”

“动静小点儿，你们几个先摸过去，把院子里的岗哨杀了！”

林子里响起几声烦躁的老鸦叫唤，听着让人分外心烦，马冲焦躁地等着那三个摸过去的下属，因为害怕打草惊蛇，这几个人很是小心，半天也没挪过这几百米的地。

突然，那青年站起身来，马冲赶忙向后一压手，前头摸过去的几人也伏下身子一动不动，那青年却只是伸了个懒腰，揉揉眼，晃了晃酒瓶进屋拿酒去了。马冲长出一口气，示意大家趁这个机会靠上去，可谁也没有发现，那个带路的年轻人已经不在身旁队伍里了。

一圈人几乎悄无声息地包围了这个小院，只听见屋子里七嘴八舌的划拳声、酒瓶的掷地声交错成一片，马冲示意大家靠得近一些，防止有人趁乱逃走，弓箭手、抬枪几乎就只有十几步的距离。这时候，房间里突然一下子静下来了，静得可怕，静得瘆人。马冲猛地一阵心慌，为了压住这种感觉，他大手一挥，示意手下立即进攻。

一道身影从屋子里探出，正是刚刚的年轻人：“老贼，受死！”

马冲内心的慌乱更加强烈，他不明白这个时候还会有什么变数，但年轻人的镇定还是让他有中了套的感觉，下意识右手一翻，一枚铁蒺藜打了出去，青年持刀的手立刻鲜血淋漓，随之一蹿身奔回屋里。一众人立马争先恐后地冲了上去，马冲慢了半拍，但也跟了过去，最先冲进去的突然没命地往外跑，和门口人撞成一团，房门不大，二十来人挤成一团谁都动不了，马冲正奇怪，但也向后歪了小半步。一阵刺鼻的火药味传来，二管家向着他的方向大呼：“大人快走，中……”

“不好！”马冲知道自己算漏什么了，可这时候已经来不及了！

随着一声冲天炸响，之后又交替响了几下，众人被伤得不轻。

过了小半晌，河里探出一脑袋。上岸后很久才缓过劲，猴子忍住痛，向山上吹着老鸦声音的口哨。不一会儿，刚刚带路的青年就摸到他的位置。

“怎么伤成这样？”

“为了引得近些，我一直在用口技戏耍他们，最后一刻才跳进地道！”

“你啊你，我们赶紧离开。这么大动静，难保不惊动周边，你这伤也要赶紧处理！”

“没事儿。多亏了大哥的护甲，还有屋子里提前挖的那个直通小河的密道，我这条命算是捡来了！那老贼呢，你去确认过了？”

“是的。全被炸得已经认不清谁是谁了。这种威力的爆炸怎么可能还有活着的！”

着火了！着火了！

马家大院乱成一团。老爷刚带着人走，这府衙莫名就着了火。看家的护卫没有办法，只好放下各自的岗位，参与到救火之中，只剩下马家的内宅，还有四个护卫纹丝不动。他们的身后是马冲日常居住的地方，更是他放置财物和机密信件的所在地。

“阿姐，这四人不好应付啊！”

先前的俏丽女子和那美妇人已经蹑手蹑脚地猫在花园一角，查看周围动静。火是帮会中兄弟买通了厨房一个小厮点的，许了他一大笔银子，足够这个因为挨了管家毒打而一肚子怨气的青年远走高飞了。为了银子和所谓的尊严，小厮也是卖力，在柴房和书房都丢了一把火。宅子里的人乱成一团，看情势一时半会儿是灭不掉。

可没承想，后宅这栋小楼单门独栋，前面的大火并没有影响到这里。而且，面前这四个，真是高手中的高手，面对大火，纹丝不动。四人的阵势疏密有度，总揽全局，稍一靠近，就会被发现。就算是侥幸偷袭其中一个，另外三人也能及时反应，况且这四人虽然胖瘦各异，但却气息沉稳。这当口，有个救火的杂役走岔了路，被其中一个一声喝问，吓得退后了老远，外行只道这声音平地惊雷，但内行人一听，就知道没有二十年功力，绝不会有这样的虎啸。

“我们时间不多了，顾不得什么江湖道义了，小妹，上次教你的暗器，还会用吗？”

“你说的是阴阳雷火珠？”

“只有靠那个东西了。以我们的身手，要是冲上去硬拼，什么结果还真不好说！”

“行，这非常时期，我也顾不得许多了！”

行走江湖这么些年，这看家护院的活儿，山东四虎还是头一遭干。三十多年的江湖苟且，杀人越货、绑架撕票都只是日常营生，以前是从没有出过差错，可半年前，截杀一队出外公干的差官，却不小心着了道。

那一天，几人看着一个大官模样的带着十多个随从，押送着一队骡马往京城方向走。看着骡马深一脚浅一脚的蹄印和几只皮扣箱子的样式，几人就明白，这绝对是一桩大买卖。老大沈虎是一贯谨慎小心，带着三人连续跟了好几天，直到路过一个小县城，才找到机会。

半夜时候，那些随从高手大部分都跑到外面去寻欢作乐，四人小心地潜了进去。考虑到那个领头的贴身有两个高手，于是首先在那个屋子吹了迷香。刘虎率先进去，听着没声音挥了挥手，赵虎、马虎两人赶上，沈虎慢了半个身子，三人刚一进去，四周火光大作，人声鼎沸，二十多人将他们团团围住，缠网、强弓全对着他们。

沈虎打量情形，知道完全讨不得好处，他的位置虽然能凭着一身本事逃出生天，可里面的三个兄弟今天命可就丢了。说话间，沈虎向那个领头大官位置跨前一步，一堆人紧张地把中间那人护住，手中兵器全对着沈虎。中间那人也不说话，只是随意地一笑，摆了摆手。沈虎双膝一软，跪倒在地。

那个大官一脸诧异。三兄弟失声叫：“大哥！”

沈虎半低着头：“大人，今天我们兄弟几个栽了，完全是咎由自取，千不该万不该打您的主意，如今我本没有资格求您什么，但仍旧想试上一试。朝廷对于我们的人头都有赏格，他们三位无非是些散碎银子，我的这一颗还够点数。现在，小人拱手奉上，只求能换这几位兄弟性命！”

现场一片寂静，没人敢接这话茬。

“好！好！好！不愧是沈虎沈老大，马冲我佩服！”突然，为首那个大官抚掌大笑，一挥手示意大家放下兵器。

“好汉请起。为了拿下你们，费了我不少心思啊！”马冲几步上前，扶住了跪倒在地的沈虎。变故不过电光火石间，屋子里的人一时间还没反应过来，沈虎也迷迷瞪瞪地被搀扶起来。

“大家都退出去吧，摆酒，我要宴请几位好汉。几位，这个面子可一定要给啊！”

“大人看得起我们，是给我们脸。你们几个愣着干啥，还不快来拜见！”沈虎冲着屋里三人喝问。

那天晚上，四人和马冲喝到大半夜，谁也不知道他们谈了什么。只是自此之后，江湖上赫赫有名的山东四虎从此销声匿迹不见踪影，而马冲身边多了四位黑衣劲装的贴身护卫。

今天，事发紧急，四人护送一封密函到外地去，回来的时候行动已经开始，马冲留下话来，让他们看护好自己的藏宝楼。几人回到府上，胡乱吃了几口，就守卫在这个大门口。

这个时候，一个妙龄女子突然惊慌地走来，似乎后面有什么人在追赶，几人手上一紧，看那女子俏丽可人，并没有急于做出什么举动，女子快到身边的时候，重重地摔了一跤。

四个人对视一眼，正想商量，就在这分神刹那，几颗飞弹向他们飞来。几人连忙用手中兵刃抵挡，一阵紫烟从飞弹中冒出，几人刚想掩鼻，几只更大的飞弹直直撞向他们，再用兵刃去接，却“嘭”的一下爆炸，尽管尽力抵挡，却还有不少牛毛般的细小事物打到身上，想要运功逼出，可全身一阵瘫软，四人已经跌倒在地。

“阴阳雷火珠：子母二弹，子弹为烟幕，母弹为万千毒针，只要吸入少量烟雾，然后被打上钢针，功力再高也会立刻瘫软无力。”

原来是这东西，沈虎最后看了一眼那个跌倒的姑娘，晕倒过去。

两个女子几步上前，没有片刻犹豫，在四人心脏上补了一刀。她们明白，就算行动中这几人不会醒来，日后追捕之时，也是最大的祸害。这个时候绝不能心慈手软，反正这几个家伙手上也全是人命官司。

美艳少妇在沈虎腰间摸了摸，掏出一把钥匙，打开楼门，楼门大厅里空无一人，两人把四具尸首抬了进去，正想向楼上走，年轻女子拉住了她，从地上拿起赵虎用的那一根长棍，一路打打戳戳向前走去。如此折腾好半天，几支暗箭从极刁钻的角度飞去，美艳妇人一阵后怕，向旁边女子做了个赞许的表情。

到了二楼，中间一个房间锁着。女子从腰中抽出一把匕首，暗用巧劲，一下劈开了房门。一个女子坐在床边，惊恐地看着她们。美艳少妇打量一下面前女子，明白过来：“妹妹别怕，是戴家小哥托我接你出去的，你稍等一会儿，我们还要找些东西。”

床上的女子缓了好久，才明白现在的状况。她明白，自己没理由不相信，这可能是她逃出去的唯一机会了。

“妹妹，那老贼最常待的是哪一个房间？”

女孩紧锁眉头，思考了好久：“是书房！”

三人来到书房，可是查找了半天，除了在隔层中发现一些金银珠宝，其他的一无所获。时间一点点过去，三人汗水不断地往下滴，门外救火声不似开始时那么紧张，她们明白，留给她们的时间不多了！

到底哪里不对呢，最常！最常待的地方？

“两位姐姐，他最常待的，应该是我住的那个房间！”

好一个瞒天过海！两人面色一变，赶忙回到那一间房。开始并不觉得有什么稀奇，可年轻的女侠一低头，突然发现这个床下面竟然是个雕琢精细的隔板，心中一动，一把掀开了床板，下面竟然是个暗门，费力劈开，只看见一本半旧的账本，几人不及细想，将这账本往怀中一塞赶忙就走。

两人把这个女子带到郊外的破船上，压低声音喊着：“戴兄弟！戴兄弟！”

过了许久，戴阿堂灰头土脸地从破船中钻出，见了身后的女子，如遭电击。两女侠对视一笑：“戴兄弟，闲话少叙，你们在这委屈两天，我们要立即回去复命，带着你们实在不方便，最迟后天会有人过来接你们的。你们只要听到许大哥名号就可以放心跟着走！”

戴阿堂痴迷地点了点头，两人疾步离开。走了好远，戴阿堂才回过神，听着周围一阵阵风声鹤唳，他小心地在船上找到一个安稳所在将钰儿安顿好。在这静静的小船里，两个一路奔逃的人总算是呼吸与共，冷暖相随！他们多希望时间永远凝固，就这样地久天长。

第10章

处暑——天地肃杀，百兽惊慌（上）

这一等，就是三天，到了第四天，仍旧没有任何动静，时间就像他们腹中肠胃的抽搐，每一次收缩翻滚都带来连绵悠长的阵痛。

看着钰儿几近虚脱的状态，戴阿堂在一旁张皇无措，正想拼着被逮捕的危险出去找点儿吃的，一阵咒骂由远及近。一位疯疯癫癫、破衣烂衫的壮实男子出现在戴阿堂的视野中，两眼直勾勾地打量着这艘破船，戴阿堂抬起随身携带的匕首以备不测，不料那壮汉到船边却停了下来，扔进来一个捆得结实的荷叶卷和一个扎得严实的纸袋子，又放下一个大水壶，眼睛胡乱地扫视着周围动静，嘴上并没什么动作，声音却清晰地送到戴阿堂耳朵边："许老大派我来的。你们放宽心吃，休息休息恢复下体力，一会儿要赶远路，我在外面替你们守着！"说完，他也不理睬船内的回答，自顾自地在近岸找到块大石头，用草帽盖住了半张脸，两腿微曲，就地躺下。不多会儿，一阵此起彼伏的鼾声响起。

戴阿堂和钰儿对视一眼。这个男子的出现太过于唐突，虽然报出许大哥的名号，但这对惊弓之鸟一般的苦命鸳鸯一时间还有些接受不了。戴阿堂转念一想，这时候，谁还有心思来作践他们。看这大汉身板，杀他们两个简直就是举手之劳，想要抓捕更是手到擒来。况且肚皮在这个时候非常诚实，要是不吃点儿东西，不等别人把他们抓回去，他们自己就已经先饿死了。

想到这儿，戴阿堂一把撕开荷叶卷和纸袋子，眼前是一整只油汪汪的烧鸡和几个白面馍。他将一双手在还算干净的衣摆上用力擦拭了几下，抓起烧鸡，撕下一个大腿，带着一个白面馍就递了过去。女孩也顾不得许多，接过来，放弃了矜持大啃大嚼。听着里面窸窸窣窣的啃嚼声，那个呼声大作的汉子歪嘴一笑，调整了一下身子，依旧鼾声如雷。

突然，地上装睡的汉子两耳一动，凝神细听，身子却一点儿没动。不多会儿，两个约莫二三十岁的兵卒一前一后往这边走来，边走边捂着肚子，看情形是在找地方方便。躺着的男子眉头微皱，因为这两人的方向，是向破船的位置奔去。

没有办法，估摸着两人的步伐，石头边上那男人看似随意地舒展开手臂，打了一个重重的哈欠，身子稍一翻滚，就把两个兵丁前面的路径封得严严实实。两个兵士眉头紧皱，年轻的那个举起刀就想驱赶地上的人，被旁边那个年纪大些的拉住了："兄弟，算了吧，和个疯乞丐计较什么，随便找个地方解决了，大家还等着我们呢！"

年轻兵士想了想，嘴里骂骂咧咧地跟着朝旁边走去。就在这时，一声年轻女子的饱嗝声从破船里传出。声音不大，听得不太清晰，两个兵士有些狐疑，往破船方向看了看，但因为肚腹紧张，并没有太在意。谁承想，破船内的女子因为紧张，又连续地打了一个重重的嗝。两个士兵对视一眼，迅速抽出刀来，一左一右向破船逼近，脚步谨慎，对地上那个突兀的疯子也留下半分防备之心，余光照顾着这个粗壮的疯汉子。可还没走两步，忽然听到耳边一阵疾风扫过，偏头望去，余光却惊诧地发现地上的人也没有了踪影。这时候，年轻的兵士眼前一黑，脖颈错位，连哼都没有哼出来，就已经身首异处。年纪大些的兵士，这时候庆幸刚刚还算积德，不过被打晕在地，显然是区别对待了。

“快跟我走。这两人是落单，要是被大部队缠住，可就麻烦了！”这时候的疯子一扫先前的疯癫不羁，破衣烂衫被一条不知道从哪找来的长布条拴住，神情严肃果决，将地上两个兵士往稻草堆里一塞，稍稍打扫之后，对着破船里的两人催促道。

不知道已经跑了多久，那个疯男人始终在他们前面。只在后面杀声大作时，给两人指明方向离开一小会儿，等后面的声音向偏远的地方转去时，他又在下一个岔路口突然出现，指引着这对男女逃跑的方向。

戴阿堂搀扶着钰儿，奔命地往前疾走，就是多年的船家生活锻炼出来的好体质，这两条腿也止不住地打颤。钰儿脸色发青，已经上气不接下气，显然是支撑不住了。疯男人站定了身子，将周边的环境扫视一圈，抹了一把汗津津的脖颈：

“休息一会儿吧，那些狗腿子暂时赶不上我们了！”听了这话，一直悬吊着心的二人总算大口喘上一口气，斜倚着树干瘫软在一边，腿脚颤颤巍巍地连坐下都有些困难。疯男人微微一笑，不知从哪里摸出一个制式的官兵行军壶，可能就是刚刚厮杀时候的顺手牵羊，拔开盖子，冲天猛灌上几口，正想就手扔给那一对人儿，又一思量两人都不会武艺，于是就向他们走上几步将水壶递给了戴阿堂。

戴阿堂的气息还没喘匀和，见大汉这般细心的举动，非常感动，接过水壶自己并没有喝，一边小心地喂给身边的钰儿，一边忙不迭地道谢：“大——大侠，救命之恩，小弟没齿难忘，一路紧急还不曾拜谢，不知大侠名讳？”

看着面前人拘谨样子，王亮不禁乐了：“别大侠大侠地叫了！我只是长得着急了点儿，为了掩人耳目，稍微化了化妆，要是论起年岁，说不定比你还小呢。小弟姓王，单名一个亮字，今年刚满二十。许大哥是我师兄，不过他拜在我老叔父门下练拳的时候，我还不会爬呢！这次，他千叮咛万嘱咐，说一定要保护好他的小恩公周全，我马不停蹄就赶过来了。谁知道路上出了些变故，我的马突然害了重病，它跟了我好些年了，实在不忍心抛下它，四处找人救治，好不容易托了熟识的兄弟看护。紧赶慢赶还是迟了好几天，实在是抱歉啊！”

戴阿堂听了，脸上一阵臊得慌。算起年龄，自己好像确实比这位小哥大上两岁，仔细一打量，面前这人虽然沧桑满面可内里的稚气仍旧可察，但江湖道义，能者为大，况且两人的性命都是人家救的，可不能失了礼数，于是一拱手：“王英雄这说的哪里话，想你年纪轻轻，身手就如此了得，带着我们两个累赘，还能进退自如，假以时日，一定可以成为许大哥那样经天纬地的好汉子！”

王亮听了，心里一阵受用，师兄一直是他追赶模仿的目标，这一阵夸着实是夸到他心坎里了。忽地，他察觉到林子后方有几只鸟雀异动，细细探听，声响又消失了。他脸色顿变，跨前一步将两人护在身后，一对梭镖锁定声响的方位，随时准备脱手而出。

脚步声逐渐近了，听动静还是好几个，王亮面色大变，凭着自己的修为，他清楚来人身手不差，自己可能都不是对手。唉！第一次单独做事情，怎么就遭遇上高手。罢了，罢了，到时候自己死力顶住，让这对苦命鸳鸯赶紧逃走，也不辜负大哥重托，至于后事如何，只能听天由命了！一念至此，他握着梭镖的手微微蓄力，并偏头示意身后两人向自己身侧没人的方向赶快跑……

“清泉石上流。”

“咦！”王亮心中一喜：“野火烧不尽！”

“明月几时有！”

王亮收起梭镖，朗声问道：“小弟漕帮王亮，不知道是哪一路的英雄好汉？”

“哈哈哈，亮子，怎么才几年不见，就记不得哥哥了嘛！”

说话间，一众人从密林间渐次走出，领头的是个军差模样的将官，后面跟着两个随从，衣服上写着一个大大的“漕”字。戴阿堂跑了多年的运河，自然明白，这就是运河线上的官家部队——漕兵。他们归漕运总督统一节制，总人数多达数十万，因为运送的都是些京城必需的柴米油盐及宫廷用品，在运河上是横冲直撞畅通无阻，要是民间的小船和他们起了冲突，少不了一顿敲诈勒索，运河上跑船的无不对这些人深恶痛绝。这时候看见了他们，作为船家子弟的戴阿堂不自觉地有些紧张。

“四哥！怎么是你！可想死弟弟了！”见了来人，王亮吊悬着的心总算放下了。有日子没见了，四哥曹康还是老样子。这么些年，为了能给帮会提供些重要情报，四哥去了官家吃一碗差饭，通过职务上的便利，救下不少英雄好汉。因为朝廷防备严密、耳目众多，自己也就上次接收情报的时候，和四哥匆匆会了一次面，之后小半年没有消息，这一次不知道四哥怎么有机会来这儿！

“到了安全地方我们再叙，快换上衣服，跟在我后面，不要多说话！”那个军官一挥手，后面跟着的人丢下三个布包。

又有几人陆陆续续赶了上来，王亮一瞧，这下子热闹了，漕帮的兄弟几乎来齐了，考虑事情紧急，也不多说话，抓起布包，估摸了一下大小，将其中两个分给戴阿堂两人。

戴阿堂和钰儿对视了一眼，明白这时候绝不是扭捏的时候，找了一个背人的树干，赶忙换上。

几人按照高矮胖瘦走成一个队形，由那个军官走在最前头，朝着大路方向行进。

王亮把脸上的假胡子撕了，又就着清水洗了一把脸，模样一下子就清秀许多，和刚才那五大三粗的样子判若两人。曹康开了几句玩笑，不知道是提到哪个姑娘，把王亮一张脸羞得通红。等众人止住笑声，曹康才断断续续地把这阵子的境况向王亮说了。

“年初时候，漕督换成了郎廷极。此人在江西做总督的时候，瓷器烧得极好，富丽堂皇雍容大气，按照他自己的说法，就是尽得天朝气象，满是皇家气度，因此深得康熙皇帝赞赏。可是瓷器运输过程繁杂，又牵扯不少沿途部门，从江西到京城水路很长，一直也不太安生，其他衙门又不大买他的账，康熙皇帝索性就把他提到漕运总督的位置上，既给他一个肥差，又满足了内廷的瓷器供给，算是一举两得。他上任的时候路过镇江，被一伙土匪冲散了队伍。我恰巧在那儿联络帮中兄弟，看见他被几个贼人追赶，一脸慈祥和善，像个与世无争的小老头，于是拔刀相助，将那几个贼人宰了。他告诉我，他来此地是投靠儿子，他的儿子在镇江府衙做个小官，希望我能护送他到地方。我想着就这样放下他，也显得不够仁义，送佛送到西，于是就答应下来。幸好一路上我没有多嘴，到了镇江府衙，大大小小一应官员全迎在门口，一看到他立马跪倒一地，我才知道自己不小心救下了新任漕运总督郎廷极。想想也是滑稽，一众弟兄策划了这么些年暗杀，也没能成功杀掉几个清廷的高级官员，可自己竟然就误打误撞救下一个天下最有权势的总督。郎廷极感念我的救命之恩，当场给我授了六品武官衔，让我做他的护卫队队长，并且把自己最重要的瓷器运输监押这个差事给了我。正是这个便利，地方上的州县衙门都知道我是郎大人的人，平时对我客客气气、有求必应，朝中的权贵也会拜托我夹带不少私货，让我得到不少重要线索。前些天，我接到沿线密报，说是扬州知府遇刺，生死未卜，整个运河全线封锁盘查。我一猜就知道是你们干的，那老家伙手上可是沾了我们不少弟兄的血啊！我这段时间也算计过他好几次，在几个大官面前离间挑拨他，可是这老家伙京城里的靠山不比郎大人差，我的计划全都落了空。正想着下一个计划，就听到这个消息。我怕你们应付不过来，正好我押运的船只离这儿不远，于是就骑了快马一路找到这里。这一路上也是凑巧，按照以前大家伙儿惯常分散躲避的地方，把你们全都找齐了。”

“嗬！四哥好大的面子，我说这一路上遇到巡逻的兵丁，他们一个个怎么还要停下来向你行礼呢！”

“你就别挖苦四哥我了，前阵子徐老大还笑我呢，说是我在清廷的职司都比他高了！你知道我听了这话心里什么滋味嘛！”

“四哥，您别多心啊，弟弟只是感觉有趣，多说了几句，您对帮会的忠诚我们都很清楚的！”

“这些我都知道！要是有选择，我也想快刀饮血、江湖恩仇，但是郎大人不是个坏人，我们自诩替天行道，杀人也要分个好坏吧！而且就这几个月，帮中不少落难的兄弟，关了很长时间眼瞅就快不行了，也被我里应外合救出监牢。说实话，我在那地方，酒不敢畅畅快快地喝，觉不能踏踏实实地睡，连话都不能真真切切地说，这日子心酸，唉！”

“哥哥，我们理解您。对了！您刚刚说，马冲那老贼还没有死掉？”

“是啊，不知道怎么的，竟然让他捡了半条命，不过算时间，现在他应该是已经归西了！”曹康拍了拍自己这个小兄弟的肩膀，胸有成竹地说。

第11章

处暑——天地肃杀，百兽惊慌（下）

马冲又一次被活活疼醒了。他说不清楚到底是什么地方不对，敷了药之后，周身更加难受。自己千辛万苦用了一锭金子让一个路过的山民背回到这个镇子。镇上的巡卫一看是知府大人，连忙找了最好的医生，并且迅速派快马回禀了府衙。马冲知道自己这条命算是保住了。爆炸的时候，迅速拖住几个随从往自己身前一挡，这个举动已经尽可能避免了大部分伤害，加上自己的体质和多年的操练，应该不会有什么大碍。

想想还是后怕，这群人真毒啊！谁知道他们是怎么做到的，瞒天过海运了这么多的火药，一路上盘查的兵丁都是混日子的吗？唉，不管了，先把这一劫熬过去再说。奇了怪了，已经用药那么长时间了，为什么自己的手还是如此的麻痒？按说不应该啊，这么多年自己的功夫从没有荒废，些许的痛痒，应该完全克制得住！可今天为什么？

“刘老先生，马知府的伤，不打紧了吧？”马三从小就跟着马冲，因为不是学武功的材料，马冲就把自己在外面的生意交给他打理，谁承想这家伙倒是个经商的好把式！平时马三有些小偷小摸的，他也睁一只眼闭一只眼。只有一次闹大了，把自己在外面大半年的收入全输在了这里。那一次，马三慌了，其他人的下场他可是清楚的。见到马冲，往地上一跪，眼泪鼻涕全都下来了。马冲看着也就心软了，想想这家伙从自己没有发迹就跟着自己，这么些年功劳苦劳也对得起自己了，于是狠命踢了几脚也就过去了。在马三看来，马冲不仅是自己的主子，更是自己的亲人，所以一听说马冲受伤，他连滚带爬地就赶过来了。

“看着没问题了，小心调养，两三个月就能正常走动。”

“好，有劳老先生了，明天我再派车辆去接您。”

“马先生客气了，治病救人，分内事情。”

马三吩咐一声，手下的人递上了一封银子。马老先生连连摆手：“给马知府治病，是我的荣耀，这钱我怎么能收呢！”

“老先生不要推托了，就让我马某人买一个心安吧！”

刘老先生叹了口气，拿着钱出了门。马三赶忙去了马冲的屋子，看看有什么自己能做的。

“三儿啊，你离我近些！”

“大人，你有什么吩咐尽管说，马三一定照办！”

“这一次，我感觉不太好，不知怎么的，我怕……”

“大人，你千万不要胡思乱想，医生都说了，肯定没问题的！”

马冲感觉胳膊上的奇痒又增添了几分，忍不住呻吟了几声：“三儿，我没留下一子半女的，唯有那个侄儿，也是你看着长大，虽然没什么出息，也是马家唯一的后人了。你听仔细了，咱们在京城的宅子，祖宗牌位后面有一本账本，你拿着它交给朝廷里的孙大人。这东西能换得我们马家几代人的富贵，我这次的事情，也应该和这……”

马冲突然平地蹦起，把刚刚包扎好的手臂往墙面上猛地一砸，脸色狰狞，痛苦不堪：“痛煞我也！痒啊！疼啊！”

“来人，快叫医生，快！”

“刘老先生，你跟我们走，你的家人都安顿好了！”

“罪过，罪过。治病救人一辈子，如今让我害人，若不是漕帮兄弟的吩咐，我！唉！实在是罪过啊！从后我再不行医了！”

“老先生，你不杀他，将会有更多人因他而死，这怕是你这辈子救下最多人的一次行医！”

“唉！但愿吧！”

当晚，扬州知府马冲暴毙。经医生诊断，是由于伤口化脓，加上旧疾复发导致。

一艘挂着漕督大旗的船队等在岸边。曹康带着一众人登上了中间最大的船，他仔细打量了一下，确认没有遗漏后，向旗号兵下达了开船的命令。

船头彩旗飘动，旗令出发，其他各船只摇旗回令，三十多艘大船首尾相接，向着京城方向开去！

船行小半时辰，船舱里的寒暄招呼才告一段落。除了戴阿堂，剩下的都是熟人，有日子没见，彼此都约好了把酒言欢、推杯换盏。唯有和钰儿依偎在角落中的戴阿堂有些拘谨，这些江湖人士的名号经历他也听说过一二，一个个都好像传说中的人物，自然不敢主动上前招呼。而那些江湖人士也搞不清这个小青年姓甚名谁，只奇怪为什么他会出现在这个场合，也不好主动上前搭话。

曹康在外面对一个个手下进行训话，毕竟他是一军主帅，就算是主子恩宠权势遮天，他也必须对这一群“不速之客”的来历给一个合理的解释，毕竟连他也不清楚，自己船中夹带的那些私货和那些穿着不合身军装的保镖们，到底归属朝中哪一派的势力。

最终，在他的恩威并施下，船上那些良莠不齐的军卫们隐隐知道，这些都是朝廷一位大官的亲戚朋友，在南方犯下事情，如今乘他们的船到京城避祸。曹康本来给他们的印象就是十足的八面玲珑，这样的举动也是情理之中。况且曹康平日里对他们也非常体恤，最起码饭菜酒食绝没有克扣的现象，这种事情大家自然睁一只眼闭一只眼。

“几位兄弟，实在抱歉，曹康慢待大家了！”

“哪里的话，这次全赖哥哥庇佑，要不这一路还不知道要遭遇多少麻烦呢！”

“大家也都是老熟人了，只有这位戴家小哥，你们可能还有些陌生，可他着实是我们漕帮的大恩人，今天我给大家讲讲他和许大哥的渊源！”

那还是三年前的事情，许老大单枪匹马去水寨料理一桩陈年恩怨。按说以他的功夫，水寨中的数千匪众就算联起手来，七进七出也不是什么难事。可没想到，这些人竟然请了几个顶尖的杀手扮成老弱妇孺的模样，为首的正是“蛇面寡妇”单二娘。许大哥眼看一堆膀大腰圆的汉子就要欺辱那些衣衫褴褛的女子，一声虎啸就扑了上去，脚尖飞踢，一排汉子就飞出老远，随即手起刀落，挑断了绑着几个女子的绳子，挺身护住她们。就在这时，水寨的头领孙彪带着几个人迎了上来，直接用宽大的斧头投掷过来，哪知道这是虚招，头顶几个大包落下，一下劈开竟然是一袋袋细石灰。许大哥双眼一下子就被迷糊住了，但他身形不乱，前面几人依旧近不得身子半步，可许大哥只防备着身前，没管得住身后。三把匕首齐齐插入他的后心，正是刚刚救下的三个“弱女子”。许大哥愤怒难当，反手一扫，三人一个都没能躲过，然后靠着一十二路破天刀法，硬是从重重围困中杀出来。可被封住了穴道的伤口一路上仍旧血流不止，跑了几里地，最终倒在一个岸坡旁。

这时候，这位戴家小哥的船正好经过这里。他一看见那边躺着个人，二话不说就扶到了船上，飞速开船远离此地，想去临近镇子找医生，却发现水寨正四处搜寻这个老者。水寨在这一带真算得上是地方一霸。戴家小哥一想，能被他们赶尽杀绝的，一定是个大好人。于是，赶忙找了几个熟悉的会治伤的船家人，一个多月东躲西藏尽心照顾，才让许老大脱离危险，其间明枪暗箭不计其数。许老大伤好后怕帮内有事情，匆忙要走。戴家小哥奉上自己积蓄给他做盘缠。那时候，许老大就许下誓言，日后他要是遇到事情，大可以来找他，他一定全力以赴！

后来，许老大几次前来，也坦言自己的身份。按说一般人知道自己救了漕帮老大，那在这大江大河里还不是横着走啊！可戴阿堂却没有挟恩自重，一直不肯随便打扰许老大。直到最近，许老大正好路过来看他，知道他定了亲的娘子竟然被马冲这老贼霸占，苦得戴阿堂整日浑浑噩噩、水米不进，就在和钰儿相遇的那个小院子转来转去，魔怔了一样。许老大一想，帮里面和马冲的新仇旧怨也该到了清算的时候了，于是就有了后来这安排。

一众江湖人纷纷对戴阿堂拱手致礼。闯荡江湖，无非“信、义、诚”三个字。豪侠相逢一碗酒，几碗酒下肚，大家就算熟悉了。

漕帮的九大当家这次算得上是基本来齐了。

老大许海江。

老二彭震。

老三张晨。

老四曹康。

老五牛啸原。

老六唐斗。

老七王志。

老八庄猴儿。

老九王亮。

这其中，许老大在扬州地区处理善后事宜，老三两年前在和清妖的厮杀中丢了性命，其他七个全在这儿了，要说这兄弟七人能凑齐当真是不容易啊!

那两个姑娘，年龄大些的是许老大的红颜知己张芸。小点儿的那个是王亮的同门师姐，只大了王亮一天的苏笑薇。

大家诉说江湖故事，畅聊人生百态，一路上好不自在。

船行运河，各个关卡的兵丁看见是漕督的船只，又见是漕督的大红人曹康亲自押送，自然是不敢有丝毫盘查，不多日就穿过江苏，过去了小半个山东。

第12章

春分——万物晓生，柳暗花明（上）

戴阿堂思虑再三，把落脚点选在了济宁。

家乡是再不能回了，虽然那老家伙已经死了，但是这样一个重要的朝廷命官离奇死亡是件大事，刚刚收房的女子突然失踪，难保不会有人借此联想。万一追究起来，牵扯甚广，后患无穷。

济宁这地方，以前戴阿堂和姐夫行船时经常来。这里水陆通达、富饶平实，非常适宜居住。而且，因为地处北段的运河中心，流动人口较多，突然出现几个外乡人也不会惹人注意。一群江湖好汉七嘴八舌，也非常支持戴阿堂的想法。他们评价济宁是半个孔子，半个梁山，半分侠义，半分仁义，因为此地既有孔府孔庙孔林，也有那传说中的水泊梁山，的确是个不错的安身之所。正好彭震在济宁还有一处不小的宅子，带有两间临街店铺，可想他过去也是豪门之后。他推说自己整日游走江湖，过的是有今天没明天的日子，这房子空着也是浪费，索性就送给了戴阿堂。戴阿堂千恩万谢，和这群江湖人相处时间虽然不长，但他们的赤诚、热心，让戴阿堂铭感于心。

漕船在济宁休整三天，补充给养，也给一路辛苦的兵士放个小假。曹康提议大家一起去城里走走，也算是和戴阿堂两人道个别！

张芸到底是经历过事情的女人。她知道，这一对情侣历经波折，如今能在一起真是太难得了，可观察这几天相处，她知道钰儿这姑娘腼腆懂事，而且心里似乎有什么结。这样下去，这两人的好事还不知道多久才能成，索性这次就帮他们把这层窗户纸捅破！

于是，撺掇大家起哄，日后山高水长，如果现在不把戴阿堂这杯喜酒喝了，以后天南海北就不知道哪一天才能聚到一起了。戴阿堂就在那傻呵呵地笑，钰儿咬着嘴唇不说话，一众大老粗干着急又不知道怎么办。张芸使个眼色给彭震，老彭心领神会一脚踢在戴阿堂屁股上，戴阿堂一个踉跄就倒向钰儿的方向，钰儿看了连忙伸手去扶，张芸使个巧劲把钰儿往前送了一送，两人一下子抱到一起。戴阿堂不管不顾地直视着钰儿的眼睛："钰儿，我们！"

姑娘突然红了眼睛，默默地点了点头。

难为这一群江湖好汉，只一下午工夫就把婚礼的用具简单准备齐活了。城里的酒家把菜肴酒水用食盒送来了。一群人害怕酒后胡言，谢绝了一旁伺候的堂倌，还随手递过去一小把碎银子。堂倌千恩万谢地走了，说是明日黄昏再来收拾。一众好汉们趁着为这对新人祝福，一顿酩酊大醉。曹康没敢喝多，多年养成的机警习惯，让他始终留着几分清醒，看时候差不多了，拉着众人往附近旅店去了，把早就布置一新的新房留给了两人。

关上门，插上插销，戴阿堂去了新房。借着醉态一把揭开盖头，却见钰儿泪流满面。他一下子慌了神，小心地捧起钰儿的脸问：“怎么了，到底是怎么了！”

“阿堂哥，我对不住你，能和你在一起，我就没有任何遗憾了，哪怕只是给你洗衣做饭，我也心甘情愿。以后要是遇到更好更合适的，你把她娶进来，我把妻子的名分让给她。你只要不嫌弃我，我当你的妾室也是知足的！”

戴阿堂大为惊异！不知道钰儿怎么会说这样的话。“钰儿，我是什么人，你是了解的。我这辈子只会喜欢你一个，这心里再装不下其他人了，你！你……”

“阿堂哥，你真好，你是个好人。知道那老贼看上我的时候，我一直带着一把剪刀，我告诉自己，他要是过来就把剪刀插进自己的喉咙，就是走，我也要清清白白干干净净。谁知道，那天，我哥嫂给我灌了药，将我送了过去。醒来之后，我万念俱灰。我……我那时候只想，再见你一面，我就安安生生走了。这是我活下去的唯一念头。在破船上那几天，是我这辈子最幸福的时光。和你依偎在一起，让我实在贪恋活着的美好，但我没办法瞒你，我……我配不上你！”

“傻姑娘，是我不好，让你委屈了。你不知道，能娶到你是我一生一世的梦。如今这个梦真了，我就要永远真真的梦下去，永永远远！”

戴阿堂轻轻抱住了钰儿，一点点地将她融进自己的身子。钰儿随后也紧紧地抱住了他。两个年轻相爱的身体紧紧地贴在了一起，再分不出他和她来，只剩下一个他们。

第二天，日上三竿。敲门声响起，戴阿堂醒了过来，正想起身开门，却看见一旁的妻子仍在酣睡，娇艳的面庞衬着微微翘着的小嘴，忍不住又上前亲了一口。钰儿其实早就醒了，但是一时舍不得起来，于是就在一旁装睡。敲门声还在响着，但并不着急，也没有大声喊叫。钰儿怕是那些江湖兄弟过来道贺自己不便应付，又怕时间久了不开门惹得他们笑话，连忙催促戴阿堂起来，自己也忙着换衣服。

“来了！来了！”戴阿堂趿拉着鞋，向大门口走去。

门外却是两个小厮还有一个老妈子。正奇怪，老妈子开口说话了：“东家，有一个官家模样的人交代我们来找你的。他留了封信，说你一看就明白了！”说着就把一封书信递了过来。

“东家？”戴阿堂有些发蒙，拆开书信。

“贤弟，这一路和你相处非常愉快，但我们毕竟不是一路人，我们整天都在刀尖舔血，一个不小心可能就会阴沟里翻船。许老大交代我们一定要照顾好你，济宁是个好地方，你是个忠厚实诚人，一定可以生活得很好。我们去京城还有事情要办，和你接触多了，怕日后拖累你。大家凑了一些财物，昨晚已经放在你大堂的柜子里了，一点儿心意就不要推辞。这老太太和这两个小孩子是帮中子弟的家人，他们并不知道帮会里太多的事情，他们的父母儿子都在前几次行动中走了。我前些日子找到他们的时候，因为家里没有青壮年，这三人正被乡邻欺负。我们一时也找不到好地方安顿他们，光给银子这一老二小也存不下来，黄白之物反而惹人眼红，如今就拜托你了，相信你一定会帮这个忙。对了，要是遇到什么麻烦，你可以拿着我留下的一把扇子去找济宁‘齐鲁镖局’的镖头张大刀，这是个最值得信任的朋友。他看了扇面，再和他提一下老寨的那场大火，他自然就知道你是我兄弟了！

贤弟勿念，有缘日后再会！”

“真的就这样一走了之？”王亮一口咬掉大半个大肉馒头，满嘴呲着油。

“这样对他对我们都好！”

“有时候，真羡慕他们啊！”王亮瞥了一眼身后的苏笑薇。苏笑薇红着脸低下头，没有接这个茬。

“走吧，我们还有任务呢！”

“开船！”

铺子有了，本钱备了，可让穷家小户十多年的戴阿堂猛不丁地做生意当老板，可真是难为他了！

如今这世道，生意真是不好做啊！以前自己送货的一个老板，不知道什么原因，惹到了本地的几个商人，他们联合挤兑，将相同的商品几乎是亏本卖出，还花钱买通官府，三天两头地上门来敲打，把这老板数千两银子本钱耗个精光。可怜这老板最后不得不投降认输，三文不值二文地清算了自己产业，换了些盘缠灰溜溜地回了老家。

这还是跑江湖多年的老把式，都着了道栽了。自己这两眼一抹黑没有丝毫经验的，可真是一步都错不起啊！

愁眉苦脸了一个多月，戴阿堂是一点儿头绪也没有！

“阿堂哥，快来喝粥了，今天特意切了南方打来的酱菜。要说买这个还真不容易，这本地的酱菜不太合口味，大蒜、萝卜居多，品种单一，也不适口。这东西，还是河边跑船的船户借我们家院子晒货，我没好意思收钱，他就拿了两罐子这个谢我！”

“酱菜！酱菜！”戴阿堂一阵迷怔，喃喃自语。

“阿哥，酱菜怎么了，你不是挺爱吃的吗？船上兄弟每次开船都要备上好几坛，又便宜又美味，就着馒头、粥米，跑船的日子来去个把月都不腻味！怎么了？要是不合你口味，我再去炒两个小菜？”

“别！别！酱菜这东西真不错。来，吃饭吃饭！”

“真好吃。姐姐，再给我个馒头！”两个小孩争先恐后地抢着。

“你这小子，可别把自己撑着了。好吃也不能这样吃啊！”

“姐姐，这八宝菜用什么做的啊？清香爽口、咸鲜适口！”

“唉，我也不知道啊！要说也是，以前在南方时候，整天吃这个，习惯了也不觉得什么。但一旦吃不上了，还真想得慌！”

“钰儿，我们开个酱菜店怎么样？”

“酱菜店！好倒是好，最起码我们每天自己都能吃得上了，可你又不知道配料，这怎么做呢？”

自己不会做，可以买现成的啊！

跑船多年的戴阿堂明白，船家人在运河上过得真是太辛苦了！好不容易凑齐银子置办一条船，从南到北关卡无数，这一路上除了正常的关税之外，还要给那些收税的“吸血鬼”们什么菜金、酒金、米金、盐金、柴金以及喝茶钱、敬烟钱等等。他们把这些名目繁多的费用称之为商家自愿的孝敬，要是搜遍你身上，真的连一个大子儿也找不到了，那也好办，直接拿你船上的货物抵充。这时候，就别妄想什么明码交换了，原本值三五两银子的东西，在他们眼里算作一两都是客气的。如此一阵折腾，船家辛辛苦苦几个月一趟来回，也不过赚到一些辛苦钱。有人要说如果死扛着不给会怎么样呢，这样的例子太多了，客气些的不过不给你通过关卡，蛮横些的就以你抗拒执法为理由，往大牢里一关，不把你敲诈得倾家荡产是绝不会松口的。跑船的那些“小老板”深知其中利害，但又有什么办法呢？自古以来，民什么时候斗得过官了！

可做生意总有个供需关系，那些大商帮都有长期合作的商号，价格讲好，货到付款，凭借家大业大，一路上总有打点。但那些只有一条船，甚至一条船都是好几家一起出钱的小生意人，就惨了。要不帮那些大生意人分担一些货运量，自己少赚一点儿，若是不服气自己单干的，最经常的情况是，货物走过了大半个运河，也没能顺利卖掉，最后三文不值二文地折了本，也只能打掉牙往肚子里咽！戴阿堂跟着姐夫跑过两次船，就见过几个船老大吃这样的亏，到最后把船都抵押出去才偿还了货物的债款。

戴阿堂打的主意，就是这些无权无势又老实忠厚的船家人！他心说，自己若是答应船老大，只要运过来的酱菜，他都照单全收，虽然这一趟赚不了多少，但胜在旱涝保收，他们再搭些其他的东西带着卖，自己绝不干涉。有了这个保证，一定会有很多船老大乐意合作的！

运河上跑船的来戴家捎信，说是戴阿堂在济宁安下家了，托他们报个平安，还让姐姐姐夫有时间过去。戴阿娇放下心来，从那天找人替弟弟上门提亲，到后来被知府抢亲，到现在这两个多月的煎熬，戴阿娇这个做姐姐的整日担惊受怕。刚得到消息，不信佛的她也忍不住说了好几声“阿弥陀佛”，可又整天念叨来念叨去，想念个不行。父母过世早，只有这个弟弟和她相依为命。嫁给孙宁时候，她就只提了一个条件，就是弟弟必须和自己一起生活。孙宁也是个孤儿，吃百家饭长大，更是无牵无挂，他既是心疼阿娇姐弟情深，又感佩这样的好女子到哪里去找！毫不犹豫地答应了。结婚这么些年，虽然一直没有一儿半女的，但两人感情一直很好，孙宁对戴阿堂更是没得说。渔村的人们都不太富裕，孙宁日子宽绰些也是他累死累活干出来的。可是在戴阿娇的坚持下，家里还是节衣缩食地让戴阿堂跟着镇上的老先生学了两年私塾。这次钰儿的事情，孙宁悔恨自己本事小，一点儿忙都帮不上。两个月前，戴阿堂突然说有办法了，说是要出去一段日子。可这一走一点儿音讯都没有，自己担心个不行，如今知道戴阿堂的消息，真是打心眼里为他高兴。

看着妻子整天在那儿牵肠挂肚的，孙宁很是心疼，纠结了几天，索性直接推辞了船老大的邀约，把家门一锁，就带着妻子奔济宁去了。

第13章

春分——万物晓生，柳暗花明（下）

计划是那么一回事，真正做起来又是一回事了！各地都有各地的船帮，也都有自己的规矩和组织。可怜戴阿堂两眼一抹黑，打听了好几天也不知道该和谁谈。一个外乡人，猛不丁来济宁做生意，谁敢答应他帮忙运两条船的东西呢。戴阿堂从早到晚在运河边上荡来荡去，就是想不出好办法，晚上回到家，怕钰儿担心也不愿意多讲自己的苦楚，说起话来也是有一句没一句的。钰儿看着心疼，可又想不出什么好招。

这天，戴阿堂一个人坐在廊阶上发愣。

“阿堂！阿堂！”

“啊！姐夫！姐！”戴阿堂心里乐的啊！这么长时间的荫翳一扫而空。长这么大，除非是和姐夫跑船，否则还没有和姐姐分开那么长时间。如今一家人团聚了，戴阿堂泪水“刷”地一下就下来了。

“阿堂哥！怎么了？”钰儿也听着声音，从里面走出来。戴阿娇多聪明的一个人啊，一看这场面什么都明白了，一手拉着弟弟，一手牵着钰儿。孙宁站在一边傻呵呵地搓着手。一家人在小院子里团聚了。

过了好久，四人才平静下来。钰儿去附近酒家要几个熟菜，再打些酒。戴阿堂陪着姐姐、姐夫，说起了这几个月的经历。

那天，孙宁和戴阿堂回了家。戴阿堂是魂不守舍、心神不宁。戴阿娇回来一看这光景，非常担心。孙宁笨口拙舌半天没讲明白。戴阿娇在那干着急，把孙宁的诉说东拼西凑半天，才知道弟弟的缘由，于是马上让孙宁陪着去打听那姑娘消息。

说起来，这真不是什么难事。到了那附近，找到一个卖馄饨的老太太，半碗馄饨还没吃完，就什么都搞明白了！

“大娘，和你打听个人成吗？”

“你说，你说，我在这路口卖馄饨十多年了，只要是住在这条街的，没有我不知道的，他叫啥名啊？”

“名字……我搞不太清楚，就是……”

“就是啥？你告诉我长什么样，或者住哪，我兴许就知道是谁了！”

“就是前面第三个路口的，有个挺俊俏的女的，应该十七八岁这样。”

“女的，这个年龄，我知道了，你说钰儿姑娘啊，怎么，打听她？是不是谁家的小子看上她了？”

“这……这，大娘，我就明说了吧，是我弟弟，现在在家茶不思饭不想的。我这个做姐姐的，看着揪心啊！”

“唉！看你也是个好人，弟弟应该也不差。得！我就给你说说。那也是个苦命的娃啊！”

“咦？这话怎么讲呢？”

“这孩子是老宋家的姑娘。十来岁时候，两个老的就走了。家族里老人做主，把家产给了他哥哥宋明，但叮嘱他一定要照顾好妹妹。这个哥哥不是亲生的，是老两口后来过继来的。起初对这个小妹妹还算不错，但是这两年，他成了家，又有了孩子，女人是个惹人嫌的主儿，整天吹枕边风，爱搬弄是非。钰儿平时做些手工补贴家用，可这些钱都被嫂子霸占，并且平时吃饭的时候故意不叫她，只让她捡些剩菜剩饭吃。这孩子，都是街坊邻居看着长大的，如今是要模样有模样，要品性有品性，摊上这么个嫂嫂，你说说，谁能不心疼！你们家要是有心啊，可快些让她脱离苦海，可就是怕他家里狮子大开口啊！”

“好，多谢了。我们去她家里谈谈！这两碗多少钱？”

“行了，这算大娘请你们的。要是好事成了，我也算半个媒人！”

“行，那就谢谢您了！”戴阿娇没有推辞这老妇人好意，她心里已经有了几分主意。

第二天，戴阿娇换上一身出门的衣服。孙宁也拗不过她，找了一身过年赶集的好服装穿上。两人虽然是跑船的辛苦人，但骨架子不差，这一身打扮看起来也不输城里有钱人了！

戴阿娇去了糕点铺，买上各色糕点，用油布纸红绳捆扎好。又去了胭脂水粉店，买上几件小巧精致的礼物。带上这些，才来到钰儿姑娘家的位置。算时间，已经快到中午了，又让孙宁去切了些熟食熟肉。犹豫了下，又打了一斤米酒。提着这些，才大模大样地敲响了宋明家的大门。

这是镇上较为偏僻的一处宅院，里面地方不大。等了片刻，就听见脚步声和一句略显粗重的声音：“谁啊？”

门开了。一个约莫三十的壮小伙站在了门边，用狐疑的目光打量着门口的两人。照他们上午打听的消息，这就是宋明，平时主要给城里的茶庄送货。

“宋栈主好，我们是码头庄老大船上的。今天来，有些事情想拜托你！”

这一声“栈主”着实让宋明很是受用。自己不过一个凭力气拉货的小工，能有个大仓库，做上栈主，坐着不动就能收钱，自然是他一直以来的愿望。如今得到高抬，这两人又是庄老大这种大船主的人，这个自己平时都高攀不上的主，还是带着礼物来的，自己面子上自然是打足了。于是，不自觉间，对面前这两人是怎么看怎么顺眼！

“快请进！快请进！”宋明忙不迭地往里让，被他们这么一抬举，还真是感觉脸上有光！

戴阿娇脸上一笑，知道自己的苦心准备已经初见成效了。

“快到中午了，你们还没吃饭吧？要是不嫌弃，就在这儿将就一下？”

“那怎么好意思，这太打扰了吧。”

“不打扰，不打扰！孩儿他妈，你赶紧地再添几个菜，家里来客人了！”

一声没好气的回应从厨房里传来：“喊什么喊，灶头没什么东西了，你让我加什么菜！”

宋明眉头一皱，心说这娘们怎么这样，这不是让客人看我笑话嘛。该不该的，也不看个场合！

戴阿娇招呼孙宁把礼物放下：“大哥，不用忙活。来的时候，看街上卖的酒肉不错，就顺手称了几斤。要是嫂子忙，就用这个将就一下吧！”

“那样也行。实在不好意思，平时都在外面跑，家里没什么准备！”

“谁呀，谁呀，今天谁过来了，让你对我吆五喝六的？”一个穿红戴绿的女人一摇一摆地从厨房里走出来，全然不看一旁丈夫对她挤眉弄眼的示意。

“宋栈主，这是嫂子吧。失礼了，我们初次登门，给嫂子备了些礼物！”

卢翠这时候才定睛打量来人，看穿着相貌，又看了一地的礼物，话语不自觉就客气许多：“哎呀，不好意思，怠慢了你们。当家的，快搬凳子陪着客人啊，我去厨房再收拾收拾！”

饭桌上，宋钰并没有上席，戴阿娇心里就明白了几分。等带来的米酒喝下去大半，戴阿娇开口了：“宋栈主，说来不好意思，我家弟弟前些天路过你家门口，相中了你的妹妹，整天撺掇着我来提亲，你看？”

宋明刚想接话头，脚下被妻子一踢，心里立马明白了几分。

“大妹子，你这话问得唐突了，虽然妹妹不是当家的亲妹妹，但这么些年，真是胜似亲妹妹啊！我们正打算帮她千挑万选物色一个合适人家，你说这事情……”

“是的，是的。就算是小妹不肯出嫁，我们也愿意……”

戴阿娇冷笑一声，知道这不过是两人的一番表演。不过，要是这样下去，还不知道会被狮子大开口到何种境地呢。正在这时，门帘挑起，一个玉璧一般的女孩站在那里。

“我嫁！”这一声，无异于石破天惊。

宋钰儿其实早就注意到楼下的动静了，她一眼认出了那男的就是陪着那傻小子的家人。这位傻公子每天傍晚就坐在楼下，痴痴守着，都好多天了。冰雪一样的她，立马明白了。她知道，如果自己不为爱情勇敢一次，这幸福就不一定把握得住了。于是，不管不顾说了那句话。

“你嫁？”哥哥嫂子愣住了，他们不明白事情的原委经过，但是知道，这所谓的主动权他们全丢了。

“宋栈主，你看看，既然你妹子也愿意，你看看这个事情？”

“这事情马虎不得，父母走得早，我就是她唯一的亲人啊！我们要再好好合计合计！”

“宋栈主，我们明人不说暗话，我们虽然也不是什么大户人家，但是规矩也懂。今天带来三十两定钱，如果事情定了，我们也就不带走了！”戴阿娇说完，心里也有些肉疼，但为了弟弟，也没办法了，这是这几年家里大半的积蓄，为了今天这事情特意全都拿出来，但愿这两人别再节外生枝了！

“三十两！”哥嫂两人对视一眼，贪婪和喜悦几近写在了脸上。

戴阿娇一咬牙，示意丈夫将银两取出，孙宁倒是没犹豫，从褡裢中将三锭雪花银放在了桌上。银子在自然光下，闪耀着炫目的光彩。

“我们倒是不贪图这点儿银子。既然你家弟弟和小妹互相中意，实在是很难得的事情，那我们就帮他们做这个主了吧！”宋明拿目光看着自己的女人。女人瞪了他一眼，心想着既然木已成舟，算了。不过有这个聘礼，算起来也不亏了。于是，将银子往自己这边拨了拨！

戴阿娇和丈夫相视一笑，明白这趟总算是成了！

“放心，四礼、服装、食盒这些我们一概不会少。虽说我们是庄户人家，但是礼节我们还是懂的！”戴阿娇想着，索性大方到底，这事情可别再出差池了！

没承想，扬州知府马冲恰巧出巡，遇到了上街置办衣物的钰儿，娉娉婷婷地往老头的眼睛里一站，老头不自觉地魂都掉了，一句“羡煞我也！”脱口而出。手底下人一下子就明白大人心思，软的硬的折腾小半天，那一对势利眼哥嫂就投降了，并且成为马冲的忠实帮凶。

他们不仅不退还那三十两，还收了管家递来的五十两定钱。在他们的恳求下，管家带了一众手下去戴家闹了个鸡飞狗跳，大概意思就是你这无权无势的，敢和我们扬州知府斗吗！孙宁拿着铁篱笆就想拼命，戴阿堂流着泪拦下：“算了，姐夫，我没有那个命啊！”

戴阿堂知道钰儿被接进马府，还想着去见最后一面。在门口，被马府的家丁拦下，又是羞辱又是推搡，并且放下话来，想说理你尽管找地方，不过这天下虽大，怕是你没本事找到给你主持正义之人。

戴阿堂回到家就自顾自地坐在床头发呆，不吃饭不睡觉不言不语。戴阿娇多希望他能哭出来，真哭出来也就没什么事情了。可不管怎么劝他，他都不答话，直到漕帮的许老大过来探望，两人才说了些话。之后，戴阿堂就跟着走了。许老大让两人尽管放心，自己一定会照料好阿堂。戴阿娇知道，许老大是个有办法的人。可民和官斗哪有赢得了的道理，只当是把弟弟带出去散散心，总比现在这闷头闷脑的状态好啊！

之后的事情，戴阿堂明白，虽然都是自己的至亲之人，但是知道太详细对他们并没好处，于是找了些不重要的关节和姐姐、姐夫说了。就算这样，两人也听得跌宕起伏、心惊肉跳，庆幸戴阿堂能死里逃生修成正果。

说到最后，戴阿堂把这几天的难处一股脑倒了出来。原本以为这是个互惠互利的事情，谁知道没一家船帮愿意搭理他，愁得他都想放弃了这个想法。孙宁一拍大腿，要说这事情你交给我啊！我一定帮你办得妥帖了，反正你姐姐舍不得走了，我就干脆给你当个伙计算了！

伙计？姐夫？戴阿堂有些目瞪口呆，但看姐夫的样子，这事情他还真好像十拿九稳！

第14章

谷雨——见招拆招，迎难而上（上）

“杜大哥，这几天承蒙你照顾，还特意绕道济宁州，把我们送来。今天略备薄酒，都不是外人，今晚我们一定要尽兴！”

“孙老弟太客气了，今年还多亏你在庄老大那给我说话，我才能拿下本地的几桩买卖，要不我连手下人工钱都开不出了！”

“杜大哥说的哪里话，乡里乡亲的，照顾照顾是应该的。你家里有铺子，河上还有船，是我们那地方出了名的能耐人，唉声叹气，垂头丧脑，可不符合你的身份啊！”

杜元重重地叹了一口气，偏头望着不远处的运河，稀稀拉拉的船只停靠在码头边。

“来，杜大哥，先喝了这杯酒，我们慢慢聊！”孙宁示意戴阿堂，两人一起举起了酒杯。

杜元苦笑着摇了摇头，一饮而尽：“你们是不知道，现在这河上的生意真是不好做啊！赚得多的活计，全都被那些官员老爷把持在手里，你看这些河上出了名的船号，哪家背后不是这个总督那个巡抚的。他们通关过卡，一个个都换上官府的灯笼，手里还拿着大官的亲笔信，守关的哪还有像前明海青天那一路的愣头青，自然是客客气气优先放行。再一个就是帮会香堂，他们家大业大，手底下弟子数万，生意关系千丝万缕，还经常为朝廷做事，沿途的州县基本都打点到位了，这小日子也算太平。最遭罪的就是我们，当地官员小吏挤兑剥削、地痞恶霸趁火打劫，沿途通关过卡，就算交足了税金好处，也要等这一众关系户顺利通过了，才轮得到我们。遇到一些三不管的地段，还有些河匪围追堵截。不巧碰到了，好赖也让你脱层皮。几年前，我拉到个关系，和天津的几家药材店搭上了联系，据说是京城一个官老爷开的，每年帮他们从天津运些东西回江浙，虽然掌柜账房要了不少好处，但总还是有点儿赚头，路上也好走多了。可是最近日子听到消息，为了补足漕运的亏空款项，允许漕船回趟的时候大量运送货物，原先的几个老主顾一寻思，要是给漕兵送，成本低也安全。这一阵子，已经有人来和他们接触了。天老爷啊！本来我们就是前有狼后有虎的，现在这群吃官粮的再来和我们抢生意，这以后日子还怎么过啊！”

孙宁和戴阿堂听了，也是感同身受。这出来跑船的，一年大半日子不在家，热饭吃不着热炕睡不上，风里来雨里去，渴了吞口凉水、饿了吃点儿冷饭。大家出来的原因，无非是家里仅有的一些田地因为种种原因押给了别人，实在是没有吃饭的手段了，才挣这个辛苦钱。这些所谓的船老板，看着光鲜，其实被压榨得厉害。稍有不慎，就会弄个倾家荡产，客死异乡！

“来，杜大哥，先干了这杯。您平时就待人宽厚，做事仗义，到时候一定有办法的！”

“唉，但愿吧。家里的铺子，我已经让人转卖了。今年这光景不行，但该给别人的钱，我是不能拖欠。”

“杜大哥，我也敬你一杯。您真是个实诚人啊！”

三人就这样推杯换盏，你来我往，桌上菜倒没动几口，一坛酒却快要见底了。山东这边没有南方那些精致玲珑的酒具，也没有那细口曲身的小酒壶，粗瓷大坛子比南方酱菜缸的坛口都大，黑底的酒碗比南方吃饭的碗还大，酒也是粮食酿造的好酒。就算在场的酒量都可以，这一阵子下来，一个个也是摇摇晃晃、话语中匪气十足！

“杜老大，兄弟我有事情要请你帮帮忙！”

“好小子，还给我来个鸿门宴啊！你言语，只要大哥能办到！”

“我这兄弟打算在济宁开个酱菜铺子，准备从我们那地方的几家老字号进些货物，想用你的船帮忙运下，费用你照算就是！”

“这，大概要运多少的量？”一提到生意，杜元的神经绷紧了，他转动着有些醺然的大脑，考虑利弊得失。

“不过是个想法，东西到底销路如何，实在不敢打包票，就先运上五百坛卖着试试吧！”戴阿堂接过话头说道。

“五百坛，那可是不少钱啊。我这一条船，估计都不太够啊！”

“杜大哥放心，运金我提前付给你，钱我今天已经带来了。等到交货的时候，回趟的钱我也一并结给你！”戴阿堂将一个小布包放在桌上。

杜元打开布包，足两重的银子闪耀着动人心魄的光芒。杜元一下子酒醒了大半，随后又醉得舒心舒意。他知道，自己的困境现下是解决大半了。

“店家，再来一坛酒，今天我要和两位兄弟不醉不归！”

戴阿堂冲着姐夫感激地点了下头，心中的石头落了地。孙宁举起酒杯，再次对杜元进行狂轰滥炸。

“孙老弟啊！这次可算是救了我啊，要是你弟弟这生意能做起来，以后我老杜这两条破船就随你们差遣了！”

“哎，杜大哥，你说的哪里话。我们是找你帮忙，你给的价格又那么公道，该是你照顾了我们才是！”

话说杜元第二天酒醒后，稀里糊涂地不相信会有这种好事，可一摸怀里，沉甸甸的银子告诉他，昨天到底发生了什么，赶忙就去了戴家把事情商量妥当。听说戴阿堂店铺开张在即，匆匆收了几个熟客的皮毛，不等船舱装满，就下令开船。算时间，这季节要是顺风顺水，个把月就能回济宁。

孙宁和戴阿娇在船舱里，杜元把自己平时用的一个小隔间让给了他们，他们推辞不过只好接受。戴阿娇正对戴阿堂整理罗列的酱菜单子进行研究，考虑各个类型的品种到底进多少，原本想拉着孙宁一起看看，可孙宁粗大汉一个，问他意见，他只说酱菜味道都不错，各样都买些试试，想着问他也白搭，干脆撵他去上面和杜老大聊天。

“杜大哥，看今年这光景，大家伙儿的日子似乎都不太好过啊！”

“唉，是这话。别看那些官员老爷一个个吹嘘现在是数百年不得一见的盛世华章，其实明眼人都能看到，庄户人为了一口吃的，一年到头没几天安生日子。特别是漕运沿线的省份，就说我们家乡附近，那是响当当名号的鱼米之乡啊！可是为了应付漕运，绝大多数粮食都交上去了。庄稼人一年到头伺候的粮食，到最后自己竟然吃不上一口，你说说这不是笑话嘛！”老杜把手里的烟袋锅子点上，吞吐几口，忍不住发起了牢骚，声音是越来越大。

“杜大哥，小心隔墙有耳。这段时间，因为小人告密出事的，不在少数啊！”

“哎呀。我这无知草民，还值得他们专门告密啊！就说老家那边的小三子吧。该交的粮食都交齐了，到最后说是去年皇帝驾临过本地区，还要加征什么“羡余”若干。小三子一时拿不出那么多钱，官府就三天两头上门催要。二十出头的愣小子气不过，推搡了前来催收的兵丁，就被扣上了一个抗税的名头。女人为了救他，被县衙的师爷霸占了身子。最后，小三子放出来，人不人鬼不鬼。女子受不了闲言碎语，投河死了。好好的一家人，作孽啊！”老杜其实胆气也不壮实，说话声音不自觉地小了下去。

“唉！”

运河上，各色船只川流不息，载着一个个的希望、失望、负担、承担，一个个家庭、一桩桩命运，南南北北、起起伏伏。

“这一趟还真是老天保佑。再过一天，就能到淮安了。到了那里，想买什么就好办多了！我们也能歇歇脚了。”

“杜大哥，这一趟，我们在淮安不做停留！”

听了戴阿娇的话，杜元有些诧异。淮安地处运河南北交界，素有南来换船、北来换马的美誉，是运河线上出了名的古都。可以说，天下的货物必经淮安。各地出名的商号，在淮安都有分号，不管是采买，还是销售，都十分便利。酱菜这个东西，保存时间不宜太久，虽说现在过了夏天，腌制的食物还是经得住放的，但一般来讲，各家不会存有太多现货。但是在淮安，别说是两百坛，只要你银子带足了，两千坛也不是什么大问题。要是愿意等上个三五天，两万坛也能给你凑足了送来。所以说，这儿的东西，可能比一些货物的原产地还要充足。这如今虽说是戴家给的银子一切全凭主家吩咐，但这基本的道理他们不应该不懂啊。

“大妹子，那我们此行目的地是哪儿呢？”虽说心里有些不解，但规矩杜元还是懂的，这趟等于说是他们在包船，并且提前付了银子，哪怕说人家就是愿意绕着运河跑一趟空船，你也没资格说三道四。

“我们去扬州八香酱园走一趟，都说他们家是出了名的老字号，冠绝江南，这次我倒要好好瞧瞧，到底有什么名堂！”

“八香！我的姑奶奶啊，不是我老杜说你们，你们这家业我也见识了，要是找个一般的酱园作坊，那绝对是大主顾，一定把你伺候熨帖，但是在八香酱园眼里，上千两的银子也算不上什么大款项。他们家的东西好是好，可是现任的大掌柜，那叫一个出了名的牛气，简直是皇帝的女儿不愁嫁的做派。本来东西就比其他酱园的贵，遇到行市好的时候，还加价出售，拿货多的，还要倒过来去巴结他。就冲这一点啊，我就看不惯这家伙！”

“杜大哥，我们家初次做这个，自然要看一看这个行当做得最好的是什么样子。您放心，到时候，我和孙宁自己去谈，大不了耽搁几天时间，我们再回淮安采买，误不了事情的！”

“孙宁兄弟，你看呢？”杜元把目光转向一旁的孙宁，希望他能出来做个主。可他不明白的是，孙宁一向就是听自己女人的安排，不过是戴阿娇顾及他在外人的面子，才摆出一副小鸟依人的姿态。但话说回来，孙宁也乐意听老婆的，谁叫自家的媳妇那么精明能干呢！

“杜大哥，就按我家娘子说的做吧！到了扬州，我请船上各位兄弟喝酒！”

“那行吧，兄弟们都听到了吧，戴老板答应了，到了扬州，请大家喝酒，开船！”

戴阿娇微微一笑，陷入了沉思。去八香，并不是她的心血来潮，而是这一路上反复思量的结果。南来北往，这沿途运费极其高昂，北方口重，南方的甜口要是不经过适当改良，恐怕并不会受到很大的欢迎。况且北方人爱吃的一些品种如蒜头、生姜什么的，这边做得并不算多，这些问题如果不能去酱菜的原产地捣鼓明白了，这生意怕是也做不长。但是制作酱菜的秘方、步骤，都是各家的绝对机密，这其中的难处，她心知肚明，现如今的办法，也只能是摸着石头过河了！

第15章

谷雨——见招拆招，迎难而上（下）

“来人啊！给我往死里打！”

“掌柜的，照这小子身子骨，这样下去真会没命的！”

“怕什么，县老爷每年的银子是白收的吗？大不了，多送几封银子。这小子偷取秘方，等于在挖盗我们八香的命根子。要是这时候不拿出手段来，外人还以为我们八香是倭瓜软蛋，被人阴了，都不敢说话！”八香的东家孙耀辉不过三十出头，但在这扬州地界可说是响当当的人物。祖辈的江山打得牢固，到他这一辈，八香酱园是要名气有名气，要人脉有人脉。偌大的江南，富贵人家的饭桌上绝不会短了八香酱园的酱菜，现如今竟然得知店内的一个小伙计偷师，还想把制作酱菜的秘方带出去。这还了得！于是，孙耀辉亲自拿着藤条招呼了这不长眼的东西，不过小半个时辰，直抽得他血肉模糊。

“掌柜的，曹大人到了，您看？”

“好，我先去前厅。你们几个不要停，继续给我打。听好了，只要对我忠心，我是不会亏待的，但要是敢吃里爬外，他就是最好的例子！”

“都听到了没，给我好好招呼这位！三爷我去前面喝口水，你们手上别歇着！”

“三爷你放心休息，这粗活累活可不是您这金贵人干的！有什么事情我们马上去禀报！”

“大山啊，一会儿把这个喂给这小子吃了。这小子胆子也忒肥了。不给点教训，还真是当我们八香家好欺负不是！”

“这是？”

“这小子平日里骂我骂得凶呢，三爷我何时受过这种气啊。不给他点苦头吃，那还了得！这事情，你可别告诉其他人，我可不想让人乱嚼舌根子，说我公报私仇！”

大山接过管家手里的药袋，心里一惊。这东西他认得，以前村子里有个小寡妇和一名举人通奸，这事情毕竟家丑不能外扬，举人仗着身份跑到县城一躲什么都不管不问了，可苦了这个留下的小寡妇。族里长辈做主，让她吞了哑药，以示惩戒。药就是大山去买的，就和手里这个一个样！

“三爷您放心，一会儿我就给他喂下！”

“大壮，我去拿点儿水。别把这小子打死了，一会儿爷想起来，说不准还问点儿话呢！”

大山拿过茶碗，故意找个僻静地方停下，想不明白管家为啥要他吃哑药，于是一扬手把药全撒了，倒了小半碗草木灰进来。想着这样的作孽事，能不干就别干，走到管家跟前，故意把茶碗晃了晃，管家会心地笑了。

“大壮，停下，给这小子喂点儿水，别打死了！”两人扶着鲜血淋漓的人，把水硬生生灌了下去，贾三背过身，如释重负地呼了一口气。

“三爷，您走好！”

“行嘞，辛苦！一会儿我去给你们请赏！”贾三往前走了几步，抹去脸上的汗水，暗道这一关总算是过去了，要是自己做的那些事情被东家知道，只怕下场比这小子更惨！

“山子哥，你干啥对那老东西那么客气？到这儿做个护院的家丁，主家苛责不说，还要把前三个月的工钱送给他这大管家。平时年节赏点儿东西，一大半都进了他的口袋。就说今晚吧，我听得结结实实的，给了厨房二两银子算是对我们追捕这小子的加餐钱，到头来就供了几个馒头，送过来的酱菜还是前面作坊做坏的酱菜废渣。看着吧，这时间，那小子肯定去厨房大鱼大肉了！”

“在人屋檐下，不得不低头啊！我们对得住自己的良心就行了。就像这小兄弟，要不是日子实在过不下去，怎么会干这种偷鸡摸狗的勾当，可怜啊！”

“是的，看年纪，他应该比我还小呢。”

“得饶人处且饶人吧。大家都是苦命人，何必呢！”

“行，山子哥，我听你的！”

棍下的小青年已经疼得昏死过去，可气息还是比较平稳。山子凭经验知道，及时救治，这小子没大事，虽然身上的伤势看着重，但年轻人恢复起来也快。于是，将青年身上的血液在他脸上胡乱抹了一把，让大壮去通禀。

大壮来到贾三门前，冲着门，震天地捶：“三爷，三爷！不好了，那小子快不行了！”

“叫什么叫！别粗声大气的，老爷在前厅接待贵客呢。”贾三脸上红扑扑的，面前的酒菜已经下去一个尖了，在灯光的照耀下，嘴边泛着油星，摇摇晃晃非常不耐烦地开了门。

“三爷，那小子怕是不行了！”

“真不行了？”

“是的，刚刚喂他……不，是喝完水之后，又打了几十棍，人连话都哼不出来了！”

“好，好，好！不用大惊小怪的，穷家小户的人，死就死了，我们这地儿哪一年不出些事情啊！”

“三爷，这怕是需要点儿银子，要不义庄那边要是问起来……”

“你小子，这时候倒是学机灵了。不过，你这话也在理，我就给你……”贾三从怀里掏出一个足足三两的银锭，想了一下又放回去，拿出一个一两左右的递给大壮：“拿去吧，义庄那边行情我晓得。几样卤菜，几枚铜板，剩下的就算你们的赏银，这些门道，我当你们这个差的时候，就门清了！”

“多谢三爷体谅，那我们就抓紧去办了！”

“去吧！”看着大壮离去的身影，贾三悬着的心完全放下了，人也轻快许多，屁颠屁颠去了前厅。他嬉笑着捏了一下站在门口伺候的丫鬟荷香，荷香皱了皱眉头，但显然也知道面前这煞神厉害，强忍着没有发作，把嘴向着屋内的方向努了努。贾三微微一笑，那狰狞丑陋的五官扭曲成一团，凑到荷香面前：“大妹子，里面谈得怎么样了！”

荷香眉头皱得更紧了，面前这一张臭嘴熏得自己直作呕，她偏开头，避开了他：“老爷不让人打扰！”贾三没有办法，只好站在门头等着。

孙耀辉这时候高兴啊，刚刚些许的不快早就烟消云散。曹敬正是江南地区负责采买宫廷用物的官员。京城里面的用度，最大的两项，分别是吃食和衣物。衣物一般由江宁织造、苏州织造负责，吃食就从各大有名的商号挑选。这可是个肥差，平时是用一拿三，选中的店家还会给不少孝敬。曹敬能拿下这个职务，也是花了银子的，代价还不小。开始还有些担心，可没承想小一年工夫就回了本钱，这些商人平时也懂事，自己吃喝玩乐全记在各地商号头上，逢年过节或是遇上大宗采购，那银子简直像是从天上掉下来似的！孙耀辉也不笨，虽说每年的酬劳经过上上下下的剥削，到手里已经忽略不计，自己除去精工制作之外，还要付出不少孝敬。但是，只要接了这个皇差，漕运沿线上下里子面子谁敢不给，有了供应御用的旗号，运河上那些吸血鬼们也不敢太过为难，这趟买卖算起来真是物超所值！

“曹大人，那这事情就这么说定了，今年宫里面的酱菜，还是我们八香家独一号！”

“瞧你说的，咱这大清朝，还有谁家的酱菜能和你们叫板呢！”

“全仰仗曹大人照顾。曹大人，我们移步二十四桥吃点儿夜宵。听说那附近的春暖阁新来了几个‘双足小鼎’，俊俏可人，人间尤物。我已经吩咐给您留了最好的两个，您今天一定要好好赏玩！”

“那就恭敬不如从命了！你上次说的事情，我已经和几个总兵打过招呼了，你到时候让你们的船跟着漕船走，那几艘是内务府总管的私货，没人敢盘查！”

孙耀辉亲热地挽着曹敬的手向大门外走去，两顶小轿早就候着多时了。孙耀辉先恭请曹敬坐稳当，自己才向前面的走去，贾三赶忙迎上来：“东家，刚刚那个人不小心打死了，你看？”

“没看我在陪着曹大人嘛，这点儿小事自己处理去！”

“东家，这总要给他们家人一个交代啊，再加上官府和后院的两个兄弟……”

“行了。去账房支取二十两银子，赶紧处理了，晦气东西！”

“得嘞！”

“大山哥，他醒了！”

半个时辰前，两人背起这小伙子避开府内其他人，从后门跑了出去，到了城里面一座荒废的土地庙放了下来，用些平时自己用的跌打损伤药给他涂抹均匀了，又喂了他几口水，放他在一边休息。

“小兄弟，没事吧？”

“你们？”董川猛一醒来，看见刚刚招呼自己的两人站在面前，又是一个破庙，顿时大为惊恐，认为这是要把自己结果了啊！

大壮哈哈一笑，明白了什么：“小子，还不谢谢大山哥，要不是他救了你啊，你就被打死在八香了！”

董川看了一下自己身上，伤口已经简单包扎起来，止住了血，捆绑的绳子也不见了，顿时就明白了，慌忙跪了下去就要拜谢。

“小兄弟，不用不用，我们还要赶回去交差，你照顾好自己！记得，最近这两年别回这里了。八香上下要是见到你，绝对是往死里整，特别是贾管家，他！算了，反正你以后也见不着他，大壮，你把我们准备好的东西给他。”

“贾管家！……”董川的手不自觉地紧了紧。

大壮从怀里掏出个小布包，又解下随身的水壶递给了董川，匆匆跟着大山走了。

董川看着两人离去的身影，心下万分感激，记下了两人的姓名：大山！大壮！

“哥，你是不是把自己这个月的工钱也塞进去了！”

“你不也是嘛！”

“哈哈哈，走，我们去找酱菜行老大，向他讨点儿馒头酱菜！”

“你啊你，没事就往福伯那凑。不过你别说，我这肚子也饿了！我们这个月怕是真要靠前院了！”

董川打开包裹，最上面是一件干净衣服，两个馒头，半斤牛肉，下面还有二两碎银子。因为实在饥饿，他就着馒头就吃了起来，没防备两道身影向他的方向逼近。

一道闷棍砸来，又是一阵拳打脚踢，董川昏昏沉沉中被人扛起来，往庙外一扔，蒙眬中，看见几个乞丐将他包内的东西一抢而空。

戴阿娇这些日子真是郁闷到家了。到了扬州，邀约了不少八香方面的人出来，可这一个个不是讳莫如深，就是闭口不谈，闹了老半天，也不知道这其中门道。

后来，还是八香打杂的小伙计看不下去，看着这一对夫妻待人客气，将他们拉到一边告诉他们，前厅的这些人不管是什么职务，平时只管售卖运送，制作、采买这些事情一概不知。而那些管酱菜制作的，都是各个作坊的老大以及他们最信任的徒弟，通常吃住都在酱园，平时根本就出不去。

戴阿娇看这小伙计是实诚人，在他下午没事时候，请他吃个茶，在他的指点下，贿赂了前面的二掌柜的，才算是把自己急需的一应菜品买到手，价钱也勉强能接受。起初孙宁也出去跑了一圈，说是可以试试其他酱园的货料，但是戴阿娇一尝就否决了。这八香确实有些门道，就说他们家的酱油吧，口味纯正、咸香适口。外面小作坊造出来的，总有一股子淡淡的涩味，和这个还真是比不了！

这天，他们把大概的东西都采买齐全装了船，晚上陪着八香的二掌柜喝了点儿酒往回走，突然看见路边有个衣衫褴褛的乞丐横在大街上。

戴阿娇心善，正准备放下几枚大钱，低头一看："孙宁，你快过来，这不是大川兄弟嘛！"

孙宁听了大惊，一看，可不是嘛！顾不得地上的人一身的脏污，背起就往客栈走，戴阿娇让厨房炖了些汤水，小心地喂给了董川，总算是一口气回过来了。

董川家过去就在戴阿娇家旁边，董川小时候还常和戴阿堂在一起玩，两家相处得很好。后来，董川的老爹出去做丝绸生意赚了些钱，一家人搬到城里去了。戴阿娇尽管奇怪董川怎么会成了这幅光景，但考虑董川的面子，还是忍住没问，在征求他的意见后，带着他先回济宁，再做打算。

满载货物的大船向着济宁航行，但戴阿娇的心里还是没什么底。她清楚，下面的问题还有很多，这批酱菜真会得到北方人认可吗？这样的价格，到最后还能有多少钱可赚？最关键的一点，就是酱菜的货源问题，这样的远距离运输，成本高、利润低，一趟下来，货运费用几乎和酱菜的本钱相当。而且，照这次的情况看，八香还有些店大欺生，要是真不肯给货，他们还真没有太好的办法。

“喝口水吧，别想那么多了，你啊你，从小到大，为你弟弟操多少心啊！就算是一个姐姐半个娘，可这小子现在成家立业也算是长大了啊！”

戴阿娇扑哧一笑，感激着丈夫对她的理解和宽容，反手握紧了他的手。

另一边，船舱中的董川哽咽地重复着一个名字：“云儿，云儿，云儿！对不起！”

第 16 章

惊蛰——侠走天下，义字为先（上）

另一边，戴阿堂也是被折腾得够呛！

在小农经济时代，抑商政策是自始至终的。士农工商，商人的地位在明面上是最低的。国家最重要的税收是农业税，老百姓都跑去做生意了，还怎么让他们交钱呢。虽说这个时候的大清朝也出了不少巨商大贾，朝廷也允许商人出钱，用赈灾、助捐、开河等等名目买个官来当当，但那只是少数。对于大多数的商人来说，他们是饱受欺压、障碍重重的。现在的戴阿堂啊，就深深领教了其中利害！

戴阿堂打算在此地经营一处酱菜店的消息刚一放出，家门口一下子热闹了。一上午，县府的师爷先来道贺，光着两个膀子，说了几句漂亮话，带着三两个手下。戴阿堂再木讷，也明白这主是什么意思，送了二两银子，美其名曰“交谊”，总算是打发走了。

没过多久，又来了什么本地的商帮，说是邀请戴阿堂加入这个组织，日后互助互爱，共谋发展，随后话锋一转，过些日子逢节，商帮打算请个戏班子与民同乐，又让戴阿堂稀里糊涂地出了一小笔银子。

到了下午，门口络绎不绝，收税的小吏、县府的衙役、地方的巡逻队甚至还有救火的水龙局，反正只要是来过的，全都雁过拔毛，没有空着手走的。

傍晚时候，戴阿堂细细一算，今天这一天时间吃喝招待加上送礼，足足花了小十两银子，这在过去一家子一年开销都足足了。

钰儿心疼戴阿堂里外应酬，疲于奔命还有心无力，晚上时候请了邻家老头过来吃茶点，借机讨教。老先生过去在漕运码头做过笔帖式，见过世面，有些学问，年纪大回来养老，一直鳏居。戴阿堂夫妇平时就对他非常客气，有时候还请过来一起吃顿饭什么的。老头子到了戴家也不客气，说是大晚上的喝什么茶啊，就着花生、糕点，再上个小菜，热热闹闹地喝点儿小酒多好。戴阿堂只好陪着，还让钰儿去厨房看看有没有宴席剩下的回锅，弄个小菜来。老头子好酒但是量不大，两杯酒下肚，话语就豪爽起来了。

"我说戴老板啊，你这样往外撒钱，可不是个招！他们这是在欺生，你越是退让，这帮人越是得寸进尺！"

"曾叔，可我一个外地人，实在没辙啊！"

"这才哪跟哪啊！说不准明天，本地的地痞恶霸还要来给你演一段数来宝呢！"

"数来宝，这是什么东西？"

"这可是我们这地方乞丐要钱的好手段，到你家门上，先给你来上一段，吉利话也好，历史典故也罢，唱完了两手一伸，得嘞，掌柜的您赏钱吧。所谓伸手不打笑脸人，你能不给吗？"

“都是穷苦人，自然是要给点儿了。开门做生意，悦纳天下人嘛！”

“切，你倒是心胸开阔！但人家可不这么想，多大的店铺每月能要到多少，人家可是门儿清的，你要是给少了，或是不给，手段多着呢！”

“这不是明抢嘛，我就是不给，他们又能怎样！”

“不给。哈哈哈，那你可算是触了霉头了。到了晚上，夜深人静，三五个乞丐，一大桶屎尿，照你大门口痛痛快快一泼，看看第二天谁还愿意光顾你家生意！”

“这……这……可要是这样下去，每家过来都从酱园身上割块肉，这生意赚的钱还不够伺候他们呢！”戴阿堂愤恨地将一满杯酒往肚子里一灌，显然是气得不轻！

“有什么招呢。你在本地无依无靠的，在他们眼里，你就是十足的大肥羊啊！小子，官府那边还好办，我和曲阜孔家一位外房老先生有点儿交情，到时候你做个席，请些头面人物，最好把县老爷也请来，那些小官小吏自然就不敢来骚扰，只是逢年过节你要记得孝敬他们。但那些地痞流氓，确实不好对付，就算官府来人，他们暂时离去避一避风头，但是官差一走，他们会变本加厉啊！”

戴阿堂听了这番劝导，十分感激。在济宁这个地方，能和孔家人搭上关系，那是非常了不得的事情。来这儿做官的人，不管后台背景多硬，第一件事也是去孔府拜访。他们很清楚，甭管你家有尚书还是巡抚撑腰，在这个地方，孔家人的话，除了皇族至亲，那就是绝对的圣旨，甚至比皇亲国戚有时候还管用，乃至于孔家一些偏房旁支，在本地也是见官大三级。

“来，曾叔，再敬你一杯！”

“你这小子啊，我看着就舒服，是个老实人家子弟，别愁眉苦脸的，车到山前自有路！”

“曾叔，对了，和你打听个事情，知道这儿有个绰号叫‘张大刀’的吗？”钰儿端着菜出来，随口问了一声。

“齐鲁镖局的总镖头，怎么？你们认识他，怎么不早说啊！”老曾一拍大腿，直愣愣地看着他们。

“张大刀，张大刀。是啊，我怎么把他给忘了！”戴阿堂顿时就面露喜色。

戴阿堂在齐鲁镖局门外转了三圈了。

今儿一大早，三四个乞丐在他家大门口唱啊跳的。要是置之不理，人家动静闹得就更大，出来送口吃的，吃了之后也不离开。送上几枚铜板，脸凑上来笑嘻嘻地问一句：“爷，可怜可怜我们啊，你难道不能再赏点儿！”戴阿堂看着这张满是麻子污秽不堪的脸，就想起昨晚曾叔的指点，这号人不害臊，毫无羞耻心，泼屎泼尿的事情有什么干不出来的！于是按照昨天曾叔教导的行市，给那个领头的送了二百文钱，门口这一堆活蹦乱跳的主才一个个离开。

事不宜迟，他赶忙换身干净衣服，买了些点心就去齐鲁镖局。可到了大门口，却又犯了难，他上来自报家门，开门的镖师说没听过他的名号，并且也没听说师父有他这样的朋友。把扇子拿出来亮了亮，人家也是云里雾里，问他都到秋天了，拿把扇子来做什么。戴阿堂好言好语，出于最近的经历经验，他摸出一角银子塞给了开门的镖师，说是烦劳他去通报一下。这个青年镖师完全不吃这一套，立马就生气了，说这银子是什么意思，简直是对他的侮辱，一抬手就把戴阿堂推了出去。再听见敲门的时候，还放出话来，看你也像个读书人的样子，何必来张爷这攀什么亲戚，好手好脚的，做什么不能生活，偏偏干这勾当？留下戴阿堂目瞪口呆，无可奈何。

这开门的正是张大刀的小弟子潘方，他这样的态度还真不怪他。张大刀是谁啊！戴阿堂这个整天在水上讨生活的，自然没听说过，但在这北方六省的界面，张大刀的一柄乌金烈焰刀，黑白两道都要给些面儿。张大刀师从鲁西南的多位成名刀客，天生神力，悟性奇高。二十来岁时，就敢独自带着镖队，千里押镖，遇到不开眼的山贼劫匪，一个人提刀上前，神哭鬼泣，无人能挡。日子长了，名气就大了，一些达官贵人的贵重物品让他押运非常放心。京城地区有个叫老黑熊的，不信这个邪。这家伙在京畿地区也有些名声，是个要钱不要命的主儿，经过周密安排，在一个狭缝口埋伏一队人马。张大刀到底是过了一段太平日子，警觉心有些松懈，胯下的马匹被乱箭射得当场毙命，后面的两个兄弟也受了重伤。好家伙，只见张大刀大吼一声，你们看好镖车，我去会会他。老黑熊很是志得意满，看着四周都是自己兄弟，又是居高临下，认为这次张大刀无论如何也要认个怂了，哪想到一个瘦脸长身汉子从天而降，大刀虎虎生风。老黑熊大怒，自己还没开口呢，这小子怎么就干上了？提起大斧就挡，只听得咔嚓一声，斧子从中间断为两截。老黑熊感觉脑袋上像是有喷水声，围观的众人一看，老黑熊的脑袋上被砍了一个巨大的豁口，血向四周喷溅个不停，脑袋在地上还滴溜溜地转，看向自己那无头的尸身。张大刀如远古煞神般站在一边，一众劫匪呆愣住不敢上前，镖车从他身边从容走过。等张大刀一行走远了，这一队人马才赶忙上去给他们老大收尸。从此，张大刀的镖车真可谓行南走北畅通无阻。

张大刀一战成名！

可这名气大了，攀附富贵的人就多。张大刀小时候是个孤儿，吃百家饭长大的，饿急眼了就东家一口西家一勺，一顿饭就对付过去了。现在一听说这小子发达了，过去八竿子打不着的亲戚一下子全冒出来了。今天来个乡邻，明天到个远方亲戚，后天说是他朋友的朋友……张大刀不好回绝，对谁都客客气气的，起初这些人还稍有收敛，至多是吃吃喝喝再兜些东西走，张大刀还能勉强应付。到后来，听说他和朝廷里达官贵人也能说上话，办的事情就越来越离谱了。什么官府的承包的工程，希望他去递个话；家里的孩子想要在县衙谋个差使的；甚至说证据确凿的案子都被关进大牢了，还指望他去捞个人的。张大刀好言好语，这帮人却说他富贵了就不管家乡人了，是个忘恩负义的主！到最后，张大刀也烦透了，嘱咐徒弟，过来拜访的人仔细甄别再带进来。潘方打小就跟着张大刀，看着戴阿堂犹犹豫豫鬼鬼祟祟，两句话不说还想贿赂自己，立马就气不打一处来，说是那帮人都消停好久了，怎么又冒出来一个，认定这肯定又是个过来碰运气的江湖骗子。

第17章

惊蛰——侠走天下，义字为先（下）

其实今天上午，张大刀并不在府内，偷偷溜出去闲逛去了。他平时深居简出，外面没见过的人，听说他的名号，知道他使的兵器，加上他山东人氏的出身，下意识就认为这是个人高马大、落地惊雷的莽大汉。可他却恰恰相反，生得长脸阔鼻，还长着稀疏的雀斑，臂膀纤弱，身材修长，要不是手上厚厚的老茧，没人相信这是武林中威名赫赫的用刀高手。这阵子刚好是走镖淡季，附近几个好朋友家里也有事，他只好待在镖局，难得清闲。可附近达官贵人听闻，都过来套近乎，每天不是这个官员要宴请他，就是那个商人过来要拜访他，要不就是那些实在推不开的老家人找他帮忙。张大刀顶不喜欢的就是这些应酬往来。这天上午实在厌烦，推说昨晚酒喝多了，今天就在自己房间歇息谁也别打扰，趁人不备，就从自己平时走江湖的行头里找出一身换上，一个鲤鱼翻身就窜了出去，穿堂过巷，四处瞎逛解闷。

练武的人，步子大，脚力好。张大刀好些日子没这样自由自在地走一走城里的大街小巷了，猛然间一看还真热闹。就说刚刚那卖鱼的人与买鱼的人，没说上几句话就打起来，自己看着也挺高兴，虽然这打架水平业余的都有些可爱，两人全身上下几乎全是破绽，但是自己平日里都是和高手拳打脚踢，如今看看这些市井小民动手还真是别有一番趣味。于是，就不发一言在旁边看着这二位抓衣服揪头发，好一会儿才分出胜负。

不知不觉，已经到了中午。张大刀本来准备回去吃，但正好半路上有个小酒馆，门口卤牛肉香气扑鼻，扭头就进去了，叫了二斤熟牛肉、一斤猪耳朵、加上一大盘花生米，端着一海碗高粱酒，喝得好不快活。喝得差不多的时候，一拍桌子准备结账，一摸口袋，傻眼了。出来走得急，加上平时就没有带钱的习惯，全身上下盘算了一圈，也没有能押着抵债的东西。小伙计走了过来，弓腰缩背地打算收拾桌子收账了，一脸狐疑地看着张大刀。瞧着来来往往的人群，张大刀可甩不开这个面子，一咬牙，再给我上一斤牛肉，半斤高粱酒！

小伙计下去，把东西端上来了，但掌柜显然是吩咐他了，这人看着像是要赖账啊！让小伙计一直站在楼梯口守着，似乎是怕张大刀趁机开溜。张大刀这个臊的啊。闯荡江湖这么些年，这样的局面还真是从未遭遇过，虽说这两层小楼自己一个燕子翻云也就下去了，可要是传出去不是江湖上一个笑话嘛。于是乎这个汗啊，哧溜溜地往外冒，差点儿把嘴唇上粘的小胡子都冲下来了。

没一会儿，张大刀把这一斤牛肉也塞进肚子里去了。这练武的人，平时消耗大，吃多少肚子里都不足数。小伙计走上前来，恭敬地问："大爷，您用好了吗？"

"好了，好了！"张大刀有些理亏，不由得讪笑。

“那用不用给您再上壶茶，清清口？”

“不了，不了，我一会儿还有事情呢。”

“好嘞。那我给您算账了，这一桌一共是四百三十文。”

“四百三十文啊，不多，不多。这样，我给你算五百文，您看看能不能先赊着，我让家里人来给，或者你要不放心，可以到舍下来取。”

“敢问您府上是哪儿啊？”小伙计一听，脸“刷”地就变了，语气也不太好了。

张大刀心说这不成啊，我不能报自己名号，多丢脸的事情啊！算了，就借借自己的诨名吧，自己借自己也顺理成章：“小哥，我是张大刀的好友，今天过来拜访他，你去他那儿要，一准结算给你！”

店小二一听这话，乐了！心说这年头敢冒认张爷名号的怎么那么多啊！这家小店虽然开得靠近张府，但是张大刀长什么样他还真没见过。可是这几年说是张大刀亲戚朋友的却是一批一批的。他们往这儿一坐，就大摇大摆地要酒要肉，吃完一抹嘴唇报个张爷字号就想走，酒店里摸不清虚实也不敢阻拦。开始时张府的人还会过来帮这些人把账结了。后来，三教九流形形色色的听说了，都来凑这个热闹。张府里的人恼了，特意过来说，今后再也不会认这些糊涂账了。半年时间，这样的人才一点点消失。如今这个主不知道又从哪里冒出来的，竟然还敢假冒张爷名号！

“不行，您这招在我们这儿不灵！你今天无论如何也要把这钱结清了。否则，我要拉你去见官！”

张大刀心里叫苦啊。这要真去见官，以后可就落下笑柄了，你说这叫什么事啊！

“店家，这位先生的钱，和我的一起算吧！”

店小二有些吃惊，见是旁边刚刚来的一个文静小先生，看打扮像是个读书人，点了几碟小菜却没有吃几口。奇怪，这年头怎么还有这样的冤大头，竟然愿意为这种人买单。

“一共七百八十文！”店小二仍旧有些半信半疑。

“这是八百文，您拿好！”

“这位爷，您说您是张大刀的朋友，能否来我这一叙？我正好有些事情想要请教！”

小二一听乐了，敢情今天一下子来了两个不懂行市的，正好一个愿打一个愿挨，凑到一块儿了。于是，捂着嘴下去，准备和掌柜去邀功了。

张大刀到底是吃人家嘴短，只好硬着头皮去隔壁桌上坐下来了。

天下事，还真是无巧不成书。这隔壁正是那戴阿堂，大清早的，瞎打听了好几圈，可这周边要不就是深宅大院，要不就是一些店铺酒肆，七嘴八舌的，却没一个能解决实际问题的，反倒被骗去不少茶钱。快到中午了，正好走到这儿，于是打算吃点儿东西回去再做打算，可东西上来了，又没有胃口。这时候，正好听到旁边的冲突，心里大喜，说是总算遇到个能找到张大刀的人了！

“小兄弟也认识张大刀？”张大刀看着来人，心底也犯嘀咕，以为又是什么人过来混亲戚的，心里想着要是不算犯难的事情，到时候就就手给他办了，毕竟刚刚受了他的恩惠，人情债可是欠不得的！

戴阿堂心里直打鼓，刚刚才吃了闭门羹，这时候不由得留个心眼，既然彭二哥能这么郑重地介绍给我，两人交情应该不浅，可面前这人又不知道可不可靠。算了，先糊弄两句，等见到张爷给他看了信物，事情就好办了："我和张大哥以前就认识，这么些年因为一南一北没有联系，听说他在这里，特意来拜访！"

张大刀一下子犯糊涂了，心说我对这小子一点点印象也没有啊，就算是点头之交，至少听声音也回忆个一二啊，不会又是一个素未谋面的老街坊邻居吧，可他又是南方人，怎么看都不像啊！

"那你怎么不直接去找他呢？"

戴阿堂一听这话，心里就委屈了，于是把上午的遭遇一五一十地说了。张大刀嘿嘿一笑，虽然也感觉徒弟做得有些失礼，但也理解要不是他们愿意做这个黑脸人，自己平日里烦都烦死了。

"小先生！……"突然张大刀发现了戴阿堂放在一边的扇子，扇子被他小心地用一块布包着，但是扇坠这个时候垂了下来，这是？张大刀一个激灵抓住了扇子，戴阿堂想要阻拦，可张大刀什么身手啊！

"彭二哥，救命之恩多谢。我张大刀是个粗人，文绉绉那一套我也不会。今后，只要彭二哥吩咐，张大刀哪怕把这条捡来的命再还回去，也在所不惜！"

"江湖兄弟，说这话干什么！"

"二哥，这把扇子送你，是以前江南一个名画家的作品，我看着挺精致，这东西放我这儿也浪费，就算我们兄弟一个信物。哪天有人带着这个来找我，我就知道是二哥的朋友，一定好好照顾！”

“这是谁给你的？”

“这是我家二哥的东西……”

“你跟我来！”

张大刀一路无话，领着戴阿堂来到了齐鲁镖局，从后门穿了进去。后面的杂役想要阻拦，定睛一看，一句话都没敢多说。张大刀路过水缸时顺手洗掉自己脸上的伪装。戴阿堂虽然感到奇怪，也不敢说什么，只好老老实实地跟着走。

“张爷好！”

一路上，张大刀在前面点头回应众人的招呼。打招呼的人看着他身后跟着一个陌生年轻人，大家虽然觉得奇怪，可也不好说些什么。戴阿堂这时候才明白，原来这位就是张大刀，张爷！

到了练功房，张大刀停下脚步，将他领了进去。突然，戴阿堂感到天旋地转，人已经像是拎小鸡一样，被张大刀举得老高。

“张爷，您这是？”

“说，你到底是哪儿人，找我有什么事情？”

“是二哥让我来的，他说和你提下老寨的那场大火……”

话音刚落，戴阿堂就被稳稳地放了下来。张大刀单膝跪地：“这位兄弟，你不要怪罪。我只是怕其他人对彭二哥不利，才如此试探。张大刀在这儿给你赔礼了！”

戴阿堂赶忙扶起了张大刀。张大刀亲自去泡了一杯茶，邀戴阿堂坐下，告诉他事情原委。原来，张大刀一次出镖的时候，结果了一个叫沈如峰的贼人。这小子也不赶时候，在镇上欺男霸女胡作非为，刚好撞上张大刀，就被活劈了两半。可没承想他有个挺有能耐的哥哥，叫沈如江，平日里做着皮肉生意，还拥有一群对他忠心耿耿的亡命之徒，做起事情不择手段。张大刀阴沟里翻船，被这伙人擒获，绑在他们一个秘密据点里，说是等到弟弟明天忌日，要把他活剐了！

这伙贼人是黑白两道生意都做。京城里的一个大官委托他们偷运一笔私盐，刚好被彭震打听到了，顺着这条线发现了张大刀。彭震敬佩张大刀为人，把这事情和许大哥说了。当天晚上，许大哥带了一群漕帮兄弟，把沈如江一干人全结果了，救出张大刀。张大刀非常感激，当场就和漕帮众人歃血为盟。因为被关押时间太长，落下一身伤，彭震还冒险把他带回城里，悉心照料。两人都是铁骨铮铮的汉子，那段时间悉心照料志趣相投，情谊自不用说。

“小兄弟，你放心，既然你是许老大和彭二哥的好兄弟，那我张大刀绝对是对你掏心窝子的，你的事情包在我身上了！”

“孔老爷，你也来了啊！”

“十年陈的好酒，这怎么能错过！”

“马捕头，今晚这个局，我一猜你就要来！”

“吆呵，刘帮主今天也得空了啊！”

“那是！你说张爷难得找我们聚聚，谁敢不给这个面子啊？”

“哈哈哈，今晚也是一大盛会啊，济宁城里的头面人物，看情形——全都齐备了！”

这时候，众人只见张大刀一身家常的衣服从后院走来，后面跟着一个年轻人，张大刀对他的态度非常恭敬。大家心里好奇，这小青年什么来路，能让威名赫赫的张老大如此敬重？

“几位，有日子不见了，兄弟慢待了，今天正好有个本家兄弟要来济宁落脚，借这个风请诸位来家里聚聚，也带他和各位认个门。话不多说，兄弟我先干为敬！”

众人稀里糊涂地就把第一碗酒干了。

“张爷，您这位小兄弟看着不是本地人啊！还请您给大家介绍一下！”

“哦，失礼失礼。我这位兄弟姓戴，家在江南，和宫里有些往来，家里让他拿了一笔银子出来历练，就找到我这里了，老张我在江南闯荡的时候，受了不少人家的恩惠。现在自然要知恩图报。来，我们再干一碗！”

众人听了，更是云里雾里，但是张大刀既然这么说了，也没道理不信，于是纷纷上前招呼，戴公子、戴兄弟、戴掌柜的，七嘴八舌地叫起来！

“大家都是济宁的头面人物，看得起我老张，今天才能凑到一块儿。今后，戴兄弟要是有什么麻烦各位的，大家可要给我这个面子！”

“张爷说的哪里话，戴兄弟这风度气势，一看就是官家子弟，日后是有大作为的，就算没有老哥你的提点，我们也要好好结交，更别说您亲自发话了！”

张大刀嘿嘿一笑，招呼众人大快朵颐，一一为戴阿堂介绍酒桌上的一众人。

马捕头，济宁州的第一捕快，官面上、街面上的事情，找到他一准没错！

刘帮主，漕运码头的老大哥，手下数百帮众，几乎垄断了码头上的大小事情。

孙掌柜，济宁商会的头面人物，几代人积累的产业，到他这一代是绝对的家大业大。

介绍到孔老爷的时候，张大刀多了几分敬重。原来，面前这位虽然无官无职，但却是孔老夫子的嫡系，他的哥哥就是闻名中华的衍圣公。平日里皇宫贵族、大小官员来曲阜祭拜，孔老爷都是有个座位陪在一边的，所以有时候他的一句漫不经心的意见，比地方官员的印把子还管用！

一晚上，戴阿堂酒到杯干，完全记不清喝了多少的酒，一直到第二天下午才模模糊糊地清醒过来。一看天色，已经昏黑，正要着急，张大刀笑呵呵地走了进来，吩咐仆役端来醒酒的汤药让他安心喝下。

张大刀一招手，门外戴阿堂的妻子派来的小厮过来禀报，家里已经接到张爷的信，让相公安心在这里住着，那几个闹事的乞丐人已经不见了，家门口非常太平。张爷也给我们家带了一大堆礼物。夫人吩咐了，说是相公还要在这住几天，让我送几件衣服来。

戴阿堂听了十分感动，张大刀一拍他的肩膀，豪迈地大笑：“客气啥，自家兄弟，今天晚上就我们俩，小酌几杯，尽兴就行！”

就这样，戴阿堂经不住张大刀的盛情，一日三餐变着花样吃喝招待，白天张大刀带他在城里四处闲逛，将自己认识的头面人物介绍给他；晚上则是饮宴款待。不知不觉，四五天就过去了。

这天，家里传来消息，姐姐姐夫押着两大船的酱菜已经开始在码头卸货。戴阿堂听了，赶忙向张大刀告辞。张大刀不便挽留，估算了戴阿堂店铺开业的时间，答应到时候一定前去拜贺！

第18章

立春——欢宴隆庆，草野生机

“大哥，看这店铺开业的架势，绝对是个肥羊啊，这趟我们可要可劲闹腾！”

“你小子确定这是个外乡人？”

“大哥，你放心，这左左右右地我打听一个遍。这家人来这儿不到两个月，江南那边的跑船人家，不知道撞什么运发的财，前些日子街上打单帮的几个混混儿过来拜会，一点儿小手段就让他出了银子。换了我们啊，嘿嘿！”

“成，这趟干好了，晚上春香楼也带你见见世面，带好家伙，上！”

“啪！”一个鼓囊囊的蓝布包从大街对面甩来，径直砸向戴家半开的店铺门板上，把正在拾掇货物的戴家一行人惊了一跳。布包表面颜色有些暗红，整体形状圆乎乎的。戴阿堂新聘的老管家战战兢兢地提起了布包，一缕还没完全凝固的血液晃晃悠悠地直往下滴，身旁几个小厮顿时就吓傻了眼。戴阿娇也没见过这场景，两腿止不住地打颤，看着吓做一团的店内众人，知道自己这主心骨可千万不能乱，强打精神嘱咐老管家将布包展开。

老管家年轻时候，在微山湖上做过几天巡丁，虽然没遇到真正的湖匪，但是折胳膊断腿的场面还是见过的。定了定神，把这个布包在一旁竹凳子上放妥，想要解开上面的结扣，无奈黏稠稠的，又有些着慌，试了几次都没成功，索性从桌上取来割绳子的锉刀，稍一用力割开了布包。众人看了里面，提吊着的心放下大半，这仅仅是一个刚杀的猪头。

“大哥，冲啊，东西我扔进去了，里面的人估计胆都吓破了！”

刘二癞子没接话，他惊恐地看着街对面提着一对拳头，直勾勾瞪着他的刘捕头。实在有些想不明白，自己这个月份子钱可是按时交了的啊，上次吃大户，孝敬银子可是立即就送过去了，可今天？

“大哥？”

刘二癞子跑上前去，整理出满脸的媚笑迎上了刘捕头。他的跟班三瓜头这时候也发现对街领着两人巡查的冤家老爷，赶忙陪着老大走上前去。

“啪！”一个响亮的耳光招呼在刘二癞子脸上，力大气沉。

“刘爷，我……”又是两个耳光，干脆利落。

“啪！”刘二癞子毫不犹豫地自己抽起了自己。

“行了！先跟我过去，惊扰了戴家掌柜的，连我都吃罪不起！”刘捕头还真拿他这自我作践的方式没招，一双拳头像是揍在棉花上，可他心里是真气啊！这刘二癞子怎么这么不开眼的，马总捕头千叮咛万嘱咐说这户可是张大刀张大侠关照的亲戚，自己赶忙屁颠屁颠就过来了。可就差那么一步，这混球就提前把事情惹了。张大侠是谁，在这偌大的济宁城，他就是江湖！

刘二癞子那叫一个后悔啊！这三瓜头怎么这时候犯了迷糊，这家人到底什么来路啊！这霉头触的，得！认栽吧！在人屋檐下就必须要低头，自己一个泼皮无赖，尊严面子值几个钱！

马捕头进到店堂，略不习惯地用慈眉善目状作了一个揖："是戴家娘子吗？刚刚打扰到你了，没吓到吧？"

"多谢官爷关心，我没事！我是阿堂的姐姐。管家，倒茶！"戴阿娇这时候已经缓过神来，恢复了平时的机灵劲儿。

"戴大姐，不不不！戴家大嫂，实在对不住，小的莽撞了。你是不知道，我们这儿风俗，新店开张，用个猪头打打店门，预兆鸿运当头，大吉大利！可不知道卖肉的屠夫今天怎么了，也不处理干净就把猪头包给了我，沾了血气，实在是对不住啊！"刘二癞子跑了多年江湖，看刘捕头的客气劲儿，就算有不明白的地方这时候也通透了，几辈子修来的一点儿说辞，这时候学以致用了。

刘捕头听了，非常入耳，心里面把他的罪状减轻几分："是的，是的。二赖兄弟也是一片好意，他就这个样子，临了时有些毛糙慌张！"

这一声兄弟，叫得刘二癞子热乎乎的，心里也敞亮了许多。得，破财消灾！刘二癞子从衣兜里摸出全部的银子，用手掂量下，回头看一眼三瓜子，三瓜子没转过神来，他顺脚踢了一下，暴喝道："银子！"

三瓜子赶忙把自己贴身的银子摸了出来，刘二癞子双手捧上，恭恭敬敬地说："戴大嫂！这些银子是孝敬您的，权当贺仪！刘二我就在这一片跑腿，您以后有什么吩咐，尽管使唤！”

戴阿娇看着面前这个脸肿得老高的中年汉子，还没完全反应过来，见他递上银子赶忙推辞，刘二癞子着慌了，知道这钱要是收下，刘捕头这一关就算过了；要是没收，怕是下面要花更多钱来消灾免祸了。于是，和三瓜子一唱一和，就差跪地求着戴阿娇发发慈悲了。

戴阿娇这时候也摸清楚事情的来龙去脉了，看着一边身着官服、一脸威仪的刘捕头，心说罢了，得饶人处且饶人！收下吧！

“行了，没你什么事情了，就快走吧！”看着二癞子任务算是完成了，刘捕头不耐烦地撵起了人。

刘二癞子如蒙大赦，赶忙就走了出去。

“等等！”

听着戴阿娇的声音，刘二癞子胆都要吓破了，可又不敢敷衍，赶忙掉过头来，挤出一脸媚笑：“女菩萨！还有什么交代的，小的一定赴汤蹈火！”

“这位大兄弟说笑了，谢了你的猪头和贺仪，来而不往非礼也！你这也算是敝号收到的头一份贺仪了，留个地址大号，我们好登门回谢！”

刘二癞子一头的冷汗总算安然滴落：“女菩萨客气了，我住附近大杂院，脏脏乱乱的，哪敢麻烦您啊！”

戴阿娇这时候脑子活泛了，自然知道是弟弟交往的那个贵人带来的福气：“英哥，从柜面上麻利地拾掇一坛子各色酱菜，给这位刘兄弟带走！”

刘二癞子和三瓜子几乎是请佛一样把这酱菜捧出店面的。刘二癞子心里把三瓜子咒了个彻底，这坛子酱菜可真是贵，折了那么多银钱不说，就自己这张脸，一会儿还要骗几勺消肿清凉的药涂抹一下。

打发走了刘二癞子，戴阿娇从衣兜里又掏出一锭足色的银子，合着刚刚收下的，往刘捕头手里塞："刘捕头，这些碎银子，烦请你带兄弟喝茶！"

"这怎么行，我们到这儿，可是马老大的吩咐。您有什么事情，招呼兄弟们一声，绝对给您尽心竭力！"

"说这话就生分了，马捕头那边我们自然还要招待，可兄弟们为戴家出头，这一杯茶都不喝，不显得我们不懂规矩嘛，您一定要收下！"

"这？"

"就算给小女子一点儿薄面，成不！"

"行，那就多谢大嫂了！"

"以后常来坐坐，这几罐酱菜，还望弟兄们不要嫌弃！"

"这么美味的东西，今晚我可要招呼衙门里的兄弟，拿它好好佐酒！"

戴阿娇一脸喜色，把两个贴了玉堂字样的酱菜罐子递给刘捕头的两个跟班。

刘捕头出门走了几步，随手把拿来的碎银子丢给提着罐子的两个手下，两人千恩万谢地接了："小子们都学着点儿，这戴家大嫂绝对是个厉害角色！遇到事情沉着冷静，应对自如，特别是回赠我们的酱菜坛子！好一个女子啊！"

"酱菜，酱菜有什么门道？"

“你们两个啊，到底是经历事情少！你想啊，刘二癞子肿着一张脸提着酱菜罐子，和我们几个穿着官服的提着玉堂宝号，这两拨人在大街上游行一样地一走，这效果简直就是游行示众。前者是威，后者是势。经过我们这么一宣传啊，你看看以后还有谁敢在玉堂头上犯事！”

“刘哥，你这么一说，我们就明白了，这女子确实不一般啊！”

“小子，学着点儿，以后巡街仔细着点儿，别让什么三姑六婆影响玉堂生意，今后这好处少不了的！”

“刘爷，我们？”刘二癞子不知从哪个角落窜了出来。

见着来人，刘捕头并不意外：“二癞子啊！今天这事情，戴家人不计较，算是你们好运，记着！要是以后不开眼，我就把你们腿打折了，丢出这济宁城！”

“是的，是的，刘爷，我们这个酱菜也孝敬您？”

“走开，戴大嫂送给你的，你给我举得高高地带回去！”

“明白，明白，刘爷您慢走！”刘二癞子和三瓜子赶忙把酱菜罐子顶在了头上，目送着刘捕头离开。刘二癞子心疼得要命，鸡没偷到，自己这两个月的所得也全贡献了出去，越想心里越气。回头见到三瓜子，就想抽他一个大耳刮子，可看到他头上的罐子，又怕打碎了惹事：“拿稳了！不开眼的东西！”

玉堂开业，真是那个年月济宁城里前所未有的盛事！多少年后，亲身经历过那场面的老人还对此津津乐道！

店堂外光是停下的轿子，就不下二十顶，连着半条街的路都被堵死了。轿子旁，裁剪一身新衣的随从站得整整齐齐，手里捧着一件件包装华贵的礼物，等候着主人吩咐。轿子上的社会贤达们，在轿子里磨蹭一阵子，下来后再左顾右盼一番，寻着平时相熟的友人，呼朋唤友地进去。门口那排场，更了不得。赫赫有名的张大刀张大侠带着四个精干的徒弟亲自在门口迎接，两边还分别立着一身精细裁剪的跑堂伙计，老板戴阿堂和他的姐夫站在正中，不断地冲着前来道贺的人作揖回礼。门口看热闹的、等着开业大酬宾的、候着放赏沾光的围了整整一圈。街道两边，足足排了八个巡城的捕快，为首的正是刘捕头，在声浪中对着手下打着手势，示意他们小心应对今天这大场面！

吉时到！一声嘹亮的嗓门冲天叫起，满街的喧嚣都被盖了下去，正是济宁城以吹唢呐闻名的史大喇叭。众人停止了交谈，纷纷把目光投向场中的戴大掌柜。戴阿堂开始还有些紧张，下面的人也听不太清楚他说了什么，但看着声望极高的张大侠面露微笑，点头赞许，周边那些达官贵人也纷纷附和，都认为这仅仅是自己见识浅薄，不太理解这名流贵人的文雅言辞，于是也不明所以地跟着鼓掌！

戴阿堂受了鼓励，后面的话就流利多了。索性放下剩下的小半截稿件，朗声说道："老少爷们！今日我戴阿堂客居贵宝地，是沾了福气，更是沾了灵气。济宁是孔老夫子的故里，举头低头孔老夫子都在瞧着我们。戴某不才，也是读过几天书的人，懂得诚信为本，惠人惠己的理儿。在这儿做生意，那是受着夫子的监督的，更要讲良心懂规矩。今儿个，为庆贺小店开业，来这儿买酱菜的，不论多寡，全部额外奉送一包四色什锦加一头整瓣的糖醋大蒜，多买多送！”

大门的匾额被揭开，“姑苏戴玉堂”几个字是本地第一书法名流刘解元的手笔。一旁的贺联是孔老爷反复吟诵而成，本县知县亲笔手书的。这在济宁商界历史上还是头一份。鞭炮适时响起，在门口两个铁皮筒子里噼里啪啦，浓重的火药味儿把现场的喜气烘托得更加浓烈！

现场气氛在撒出的两口袋铜钱中达到了最高潮。孔老爷在大家推荐下，用一个铜板，买下一瓣糖大蒜，随口塞在嘴里，一句“浓淡适口总相宜！”让场面更是锦上添花。

随后，门口排起几百人长队。巡捕、伙计、过来自发帮忙的邻居轮班倒地维持着队形，一个个分外卖力。他们已经得到允诺，晚上不仅能够敞开肚皮吃上一顿酒肉，还能得到一包免费的酱菜。

沿街规格最大、风味最地道的酒楼已经被张大刀提前包场。在这位老哥哥一再坚持下，戴阿堂交给他一手操办。前来道贺的所有有头有脸的人，被张大刀几个机灵的徒弟细心引导，按照个人身份地位，满满地坐了五大桌。主桌最大，不少都是张大刀这几天引见过的，戴阿堂并不生分。酒宴从大中午喝到快到傍晚才散了，戴阿堂不知道被劝了多少杯酒下去，但就在酒宴上，在张大刀的着力安排下，不少掌柜当场就订购了不少酱菜！

戴阿堂直到第二天黄昏才迷迷瞪瞪醒来。钰儿陪在身边，喂着他喝了莲子汤，一脸的喜气洋洋。

“昨天店里还好吧？”

“好得不能再好了。相公，你猜猜昨儿个赚了多少？”

“还赚了，我记得昨天开销不少啊。”

那是，昨天张大侠一个徒弟领着济宁城几个商家的经办，上百坛上百坛地订购，门店方面，一直到天擦黑人才散去。这两边一核算相加啊，我们这阵子开销不仅全挣回来了，还盈利了几十两银子。

戴阿堂听了心里一阵感动。这张大侠真是粗中有细啊，不仅拉下脸面帮他张罗筹措，还就着昨天的热闹，趁热打铁让那些答应要货的当场下定金。

“相公，相公？”

“嗯，怎么了？”

“看你发呆，以为你还没醒酒呢。”

“我没事，没事。”戴阿堂看着面前的妻子，自己这阵子住在张大侠那里，喂得那叫一个白白胖胖，家里的事情多靠着妻子张罗，她一个女人家，又刚经历过劫难，看起来都有些憔悴了。想到此处，情不自禁地揽过妻子，紧紧地搂着。

第19章

夏至——惊云突降，云开雾明

“姐姐，相公他怎么还没回来呀？”

“瞧你急的，这才分开几天啊！”戴阿娇也对着运河水望眼欲穿，但嘴上还是强作镇定地开着玩笑。

“姐姐！”钰儿泛着红晕嗔怪道。

“别着急！再等等吧，这季节不少河口枯水，路上耽搁几天也很正常。”她只能用这样的解释，安慰钰儿，也宽慰自己，心里却有些嘀咕，不会真遇到麻烦了吧！

半个月前，玉堂酱菜售卖的速度超乎戴阿堂的预料，原想着刚刚开业，三四个月的用度应该是不成问题。哪承想，不到二十天，快一半的库存就没了。这时候，老杜的船去了北京拉皮货，戴阿堂把卖得红火的几样菜式整理出来，决定自己去扬州探一探，最好建立一条稳定的渠道保证长期供应。最开始，姐夫准备陪着一起走的，毕竟去过一趟，路上的关系也熟，谁想孙宁那阵子因为过于劳累，染上风寒，稍一运动就大汗淋漓呕吐不止。戴阿堂只好请张大刀作保，找了济宁本地的码头老大刘帮主，要了三条空船，带些银子就往南边去了。走的时候答应了早去早回，可按照上次的经验，十六七天打一趟来回是差不多的，但这一走都快二十天了！

“姐，走吧，姐夫身子刚好，我们回去再给他熬点儿汤吧！”钰儿懂事地提醒道，眼睛却像钉在了运河码头一样，怎么也移不开。

戴阿娇刚打算走，却听得站在码头高处巡望的汉子欣喜地大喊：“戴大嫂！戴夫人！戴大嫂！戴夫人！戴掌柜的船回来了！船回来了！”汉子的喊声有着压抑不住的兴奋。这几天，这两个女子过来，都带不少精细的面点饭食。没等到船来，就把东西分给码头兄弟吃了。码头扛大包的船员都是粗人，平时一个馒头对付点儿水就解决一顿饭，就这样还是饥一餐饱一餐的，谁享受过这待遇，对这两个平易近人的大户人家小姐自然是万分感激，每天不用两人多交代，当值的巡望汉子都会瞪大眼睛仔细查看河面。戴阿娇前天就和码头上兄弟们说了，谁第一个看到船回来可以来讨赏钱！船家汉子朴实善良，明白这钱虽然不会太多，但也能为家里加个肉菜，给孩子买点儿小糖，老百姓的幸福可不就那么简单嘛！

船一靠岸，戴阿娇和钰儿就赶忙迎了上去，先下来的是码头上的几个兄弟，他们和岸上商量一下，指挥两边的兄弟搭上船板卸货。戴阿堂一脸疲惫地从船舱中走了出来。

“钰儿，你们怎么来了！”戴阿堂的眼中闪现着归家的喜悦。

“怎么累成这样，你和钰儿先回去，休息一下再说！”看着弟弟一脸的委屈，戴阿娇心里明白，这一趟绝对是遇到麻烦事了。

戴阿堂点了点头，多年的姐弟情谊让两人并不需要多做交代。

“兄弟们手脚利索些，抓紧把货物运到仓库里，今晚我们玉堂家好酒大肉管够！”戴阿娇振奋精神高喊一句，码头上气氛立马就活跃开来了，全都热火朝天地动起来了。

傍晚的时候，这两大船的货物就安置妥当了。戴阿娇尽管身心疲惫，对弟弟也是非常担心，但她明白，这帮船家汉子兴奋了一天，就为这晚上的一顿好饭，于是强打起精神寻到一个远近闻名的河边小馆子，嘱咐灶头专挑那些可口的硬菜让这些汉子们管饱。店老板自然认得这一阵子在济宁大放异彩的戴氏姐弟，他们店里的油盐酱醋各色小菜用上玉堂家的的确是好，一直想结识，现在碰到这么个好机会，殷勤细致自不用说。戴阿娇抛下一锭银子，老板推说交个朋友，哪用得着那么多啊！戴阿娇知道，要是自己再推托反而显得不礼貌，于是叮嘱老板，这钱就请给这些码头弟兄一人打包一只大烧鸡和几个大馒头吧！

店老板一听，直竖大拇指！这家老板果然仁义可心，怪不得生意能做得那么好！于是扯起嗓门高喊：“戴老板恩惠，宴席散了每人带一只大烧鸡和几个白面馒头，大家可别酒喝多忘了取了！”

一群船家汉子更加欢畅了！原本还顾虑自己大鱼大肉，老婆老娘在家里食不果腹内心不安，看见主家考虑得那么周全，纷纷称赞不已！其实对他们而言，工钱是从码头老大那里拿，平时管上一顿普通的饭食已经难得，像今天这样已经算是撞大运。这事情传出去，戴家的搬运生意，码头的兄弟自然是抢着干！

戴阿娇自己都不会想到，这无意中的善举日后会给她带来更多的好处。简单应酬了一会儿，就赶忙回去，家里当家的还病着，弟弟的事情没有问清，实在是让她很是心神不宁。

“阿堂，别慌，车到山前必有路。我就不信，没了八香家的货，我们这生意就没法干下去！”孙宁斜靠在椅背上，和阿堂说着话。大病初愈的他，身子骨还是有些不太利索。

“不仅是八香家。八香家是两江地区酱菜行会的龙头老大，周边数十家酱菜园，一听说八香家公开拒绝对我们供货，一个个吓得畏首畏尾的。我过去找他们谈，开始都讲好了，可到最后签合同的时候，就有八香家的人过来警告他们，这时候帮了我们就是和八香家作对，然后就不了了之了！”

“八香家经营多年，在当地官面上、黑道上都是说一不二的主，这时候确实没法指望这些人有这个胆子！”

“阿堂，你也不是贸然冲动的人，这次怎么会在这个节骨眼上，得罪这帮人啊！”

“姐夫，我也清楚，按道理无论遇到什么情况，我作为主事的，一定要忍得住啊！我到了那边，什么事情都是合着那边的规矩办的，该出的孝敬银子，我是一分也不敢少给。要说也是踩到狗屎了。我在码头上看见一个脑满肠肥的人，在为难一群送菜的农民，人家起个大早把菜送到这里，可仅仅就是不小心碰了那人一下，就说是衣服被弄坏了，硬是要他们赔。那个老农哪见过这阵仗，稍稍反抗几句，就被那胖子和随从揪住打。老农嘴里嘀咕几句，不多会儿，就被打得血肉模糊，刚好我带几个伙计路过，一下子气不过，就吩咐把人救下来。那两人鼻青脸肿恶狠狠地瞪着我走了。哪承想，那人竟然是八香的管家贾三，下午去八香家付款拿货的时候，一下子就撞上了，谈好的生意就这么黄了。晚上，我提了礼物，还想着吃个亏把这事情了了，谁知道竟然撞到他和前台掌柜合谋坑骗东家的银钱。原本我以为不道破他最少可以收敛些，但显然这老小子怕事情败露，竟然恶人先告状。不知道他到底说了什么坏话，走遍整个扬州城，也没有一家敢对我们供货的！就这些东西，还是一位杭州的客商在路上和我同行，了解我的为人，从他的货物里匀给我的，但下一次，我们可就真的没招了！”

“大川兄弟，你站在门外怎么不进去？”戴阿娇匆匆赶回来，见到在门边踱着步子彳亍的董大川。这阵子，董大川的伤势已经完全好利索了。几人想问问他的详细经历，他却总是避而不谈。戴家就让他先在店里住下，平时也不安排事情，任由他坐着发呆，但到了饭点总会去叫他。董大川嘴上仍旧不多说什么，但看向戴家姐弟的眼神却满是感激。

董大川犹豫了一下，跟着戴阿娇进了门，迎着几人的目光：“你们都是我的大恩公，这阵子承蒙你们照应，我心里感激得很。你们刚刚谈的那些事情，我在门外也都听到了，要是你们信得过我，让我陪着去一趟扬州。这事情，我有法子！”

“你有法子？”

一众人呆住了。

“东家，就凭我这红口白牙，你就带着一大包银子和我出来，就不怕我骗你？”

“董大哥，你长我几岁，叫我阿堂就行，我们从小就住在一起，你的为人我相信！”

“可人是会变的！”

“你不会！我信。”

董大川一时间有些恍然，看着戴阿堂坚定真挚的目光，他的脑海中断断续续出现了许多的画面，妓院里还在等待他的那个女子，那个对他许下好处却落井下石的贾三。一种深深的悲戚笼罩住了他，让他有种被遏住喉咙的压迫感。不对，还有那个只见过一面却救下他的大山和大壮，还有戴家姐弟对他无微不至的照顾关心。董大川知道，这份恩情，他必须回报。

“阿堂兄弟，你放心。今天我就是拼了这条命，也要帮你解决眼前的困境！”

“董大哥，别说什么命不命的，我们一家子早就把你当成我们的一员看待了，遇到什么事，一家子在一起商量着办！”

“阿堂兄弟，我简单和你说说，这酱园里的门道，其实将这其中关节拆开来看并不算复杂，无非就是原材料准备以及制作加工这两部分。经过我这么长时间的观察记录，八香家虽然家大业大，但是这么大的家当却并不能做到铁板一块，特别是对那些兢兢业业为八香付出一生的老伙计，实在是非常的苛刻！”

“哦？”

“这阵子，心里一直搁着这个事情，今天索性就一五一十和你说了，整天扛着个包袱，我心里也很难受。其实，幕后指使我去偷配方的就是扬州第二大酱园滋味坊的掌柜徐权，八香家那个管家贾三在里面也不干净！”

“什么？”

“我们或许可以利用他们两家的矛盾，来做一番文章！”

“……”

“徐掌柜，事情虽然没办成，但是尾巴我也是利索解决了。您现在让我退还预付的定金，这不是过河拆桥吗！”

“你确定那个派过去的人已经没了？这事情要是传出去，哼哼！”

“看得清清楚楚的，哑药喂下去，人也眼瞅着活不成了，绝对是半点闲言碎语都没机会说出去了。”

“成！算你识相。我也不坑你，你把从我这拿的银子吐出来，这事情就算了了！”

“吐！……”

“怎么！想从我徐二爷这里讨便宜，你也不打听打听，偌大的扬州城，事情没办成还敢拿我银子的，只有死人！”

贾三心里一阵叫苦啊！徐二爷是什么主，他心里能没数？过去开罪过他的几个主，到最后有不认怂的，大半夜硬生生从被窝里拖出来，蒙个麻袋就不知所踪。以前听到这样的事情，都当个笑话，可如今这笑话倒腾到自己头上！

“二爷，贾三不开眼，事情没给您做得漂亮，您再宽限我一段日子，顶多三四个月，我一定还您！”贾三心里暗道，哪还有银子啊，原本以为这票干完，两千两银子就能到手，所以开始的三百两刚拿到就是胡天海地莺歌燕舞，早就不知道塞到哪个花魁兜肚里去了。自己平日里就是有一分花两分的主，现如今别说拿出三百两了，就是三十两怕都是勉强。

先稳住他，到时候脚底抹油，去北边投亲靠友，反正这南方的花花世界，我也算乐呵过了。

“还！你哪来的钱，当真以为我们对你一无所知吗？莫不是打算从这里出去就远走高飞吧！”

“二爷您说笑了，我哪有这个胆子啊！”

“胆子，连自己主子都能卖的人，还有什么事情不能做呢？你说你待在扬州城不出去，我碍于身份，动手还有些顾忌，要是你跑出城去，被哪个山贼土匪知道了，将你这不忠不孝的狗杂碎剐了，或者是你的东家知道你的背叛行径……！”

“二爷，你给我指条明路吧！”

“行。你也是个明白人，你只要把这一包药粉洒在送到京城的贡品里面，以前的事情我既往不咎，两千两银子我还是给你。到时候，要走要留，全凭你意愿！”

“贡品！那是诛九族的大罪啊！到时候天下虽大，哪还有我的容身之处！”

“放心，这不是什么伤人性命的药，不过是调配的强力泻药而已。你放心，宫里面那些王公贵族吃之前都有专门的人试吃，到时候那些试吃的公公拉得七荤八素的，下一季的生意给谁就说不定了！”

“可就算这样，我也跑不掉啊。到最后倒霉翘辫子的，还是我！”

“你担心个什么劲儿，到时候八香都自身难保了。送进宫的贡品出了问题，这是多大的罪过，你只需要浑水摸鱼，谁又能找得到你！”

“可是！”

“哪有什么可是。你可记住了，这不是一道选择题。你要是还想不明白，那我索性现在就把你也弄哑了，就像你折腾那个傻大个那样！可笑他那云儿姑娘还痴痴地在那等着他，我听说这阵子你没少去光顾她，怕又是你给她编造那些漫无边际的谎言，看着她懵懂无知地把你当个大恩人伺候！到时候，要是她知道自己的情郎已经死了，还是死于你手，给她一把刀子，她能亲手把你阉了！”

“别说了，二爷，贾三这条命算是交到您手里了，我一定照您的话做，您留条活路给我！”

“贾三，这次事情你也知道轻重，要是再出什么纰漏，你就别怪哥哥我丢车保帅了！”

“明白，明白！”

“这银子算提前赏你的，至于下面的赏钱，就看你有没有这个命了！”贾三千恩万谢地接过二百两银子，忙不迭就跑了出去。

“靠这个经不住事的小人，可不要坏了我们的大计！”

“王大人放心，那边我还预留了人手操办，这小子不过是一枚棋子儿。到时候，事情办妥，没人会心慈手软！”

“好！我早就知道，你是个能成大事的人。你许给我的那一份，可要按时无误地送到我跟前，我知道，你这酱园不过是个幌子，但面子上的东西你必须做好，货物的质量你也必须保证，至于你利用贡品的船只到底夹带了什么私货，我并不操心！”

“大人放心，您可是皇上身边的红人，那些从海外运过来的小玩意，也给您留了一份。到了京城还需要您来穿针引线啊！”

“算你有心。小心无坏事，钱是个好东西，有命享受的才算是本事人！”

“大人教诲，小的记下了！”徐权恭恭敬敬地送走来人。

第20章

芒种——诸事有因，诸行结果

“进来！”

徐权挥手将门外候着的手下招了进来。

“说说看吧，怎么回事？”

“我们的船被劫了。”

“被劫了，谁这么大胆子！”徐权脸色突变，手指骨节都被捏得咯咯作响。

“不清楚。来人都蒙面，一共三人。我们被打晕了，但是这好像不是预谋好的。我们的盐，他们似乎运不了全部，少了一半多，剩下的都没有动。”

“嗯？”

“这事情，要不要让外面的兄弟好好查一查！”跟着进来的一个统领建议。

“这东西哪能大张旗鼓查？那些东西，要是被朝廷发现，是要掉脑袋的，技不如人就认栽吧！”

“是，是，是！”

徐权沉吟一下，两只手不自觉地握紧，争取贡品的事情看样子要抓紧了。光是靠这些小船走暗道，太容易被人发现，黑吃黑的事情，谁说得准啊！这次幸好东西不多，要不这打掉牙往肚里咽的亏，我可没吃过！日后要是能用上官船，一路上肯定没什么盘查。要是让我知道是谁干的，一定要让他生不如死！

“你是说，你要帮我赎回云儿。”

“是的。那种相恋而不能相见的滋味我体会过，真是一种深到骨子里的绝望。董大哥，你的心情我懂。现在，我也能帮得上忙了，自然要帮你完成这个心愿！”

董大川心里清楚，这看似轻描淡写的话语，背后隐含了多重的分量。戴阿堂自己也是小本经营，赎买云儿的钱肯定不会是一笔小数目。如今这个节骨眼，处处都是用钱的地方，可就算如此，听闻自己和云儿的故事，他还是毅然决然地表示，哪怕这一趟行程毫无建树，也一定要让自己有情人终成眷属！

“贾三爷，你答应云儿的，说伺候好你，你就带云儿去找大川哥，你可不能食言！”

“放心放心，好云儿，等过了这阵子，我一定带你去找那小子。鬼知道他交了什么好运，让你如此心心念念，当真是羡煞旁人啊！”

说完，贾三狞笑着扑了上去。两滴晶莹的泪珠在这污浊的尘世砰然碎裂。

“阿堂兄弟，这可是一千两银子啊！就这么给我了！”

“这钱够吗？”

“够了，够了。当时告诉我就是这个数目的，可是……”

“大川哥，钱你拿好，话就不需要多说了！”戴阿堂将银票放在董大川的手里。

“阿堂兄弟，怪不得你能被刀爷如此推崇。这番仁义，让人好生佩服！”一个年轻人大笑着走向戴阿堂。

“孙兄客气了，这一路上，全赖你照顾，这江湖上门门道道，我确实是门外汉。”

“小心！”

一道剑光闪过，擦着船身掀起一阵劲风。孙归元疾呼一声，一把拉住身后的两人，长剑一挺，迅速将这两人护得周全。

半个钟点前。

“老大，你带着我们落草为寇，打个劫还挑三拣四，什么穷苦人不能抢，小本经营的不可碰，这个道，也算穷乡僻壤了，真正能动手的哪有几个啊！”

“你们懂什么！穷苦人家一条船几两银子，几乎就是一家子命根子。你们也是苦孩子出生，将心比心，要是把他们一点儿身家全都抢光了，还让他们有什么活头！”刘鹏对着这两个一直跟着自己的兄弟苦口婆心。

“我听大哥的！”大牛拿起面饼，一口就吞下大半，没仔细咀嚼就咽了下去，另一只手不知从哪里摸出半个酸萝卜，囫囵塞进嘴里。

“你啊你，只要吃喝不愁，就没有烦恼事，还真是老天给的乐天脾气！”

“大哥，总这样也不是个事情啊，我们上一次端掉的那一船皮子，里面那些东西又不好出手，藏得那么严实，却看得见用不着，守着金山不能花，实在憋屈。我们存的一点儿银子，一大半被你分送给那帮子贫苦人。当然了！这事情我自然没有任何意见，但是我们几个也要吃饭啊。你瞧大牛这饭量，不倒腾点黄白货，我们都要断顿了。土匪都能饿肚子，这传出去绝对是个天大的笑话！”

“行了。那事情你少提，万一要是走漏风声，官面上、江湖里都是一场祸患！”

“这个我明白，可是……”

“可是什么！等等，看前面那只船，明显不是穷家小户所能拥有的，这一票可干。耗子，给他们放两支空箭，把前面的船逼停！”

又是一支箭飞来。孙归元什么阵仗没见过，这趟过来，他完全是受张大刀之托，顺路和戴阿堂一道走。武备世家的他巡守天津的时候，百十来个山贼土匪的埋伏，他七进七出应对自如。上官早就许了他把总的官职，可是老母的病逝让他对北方土地最后的依恋荡然无存。遵照母亲的遗愿，他带着双亲的骨灰返回南方安葬，中途经过张大刀地界，经不住他的盛情相邀，一下子就住了好些天。临走的时候，张大刀托他照应一下戴阿堂，他自然是义不容辞！前天帮江南一个故友带些关外的药材才绕的小道，谁知道昨天才刚刚收拾一伙毛贼，今天又有不开眼的来了！

又是两支箭听风追来，孙归元低喝一声，横剑一挑，翻手将两支箭擒在手中，正准备反手掷出，细目一瞧，这箭头子被磨钝了，心里顿时明白了大概，这匪帮还算仁义，那自己也不能蛮干。一招燕云亮翅，人已经飞到对面小船上，长剑猛然抽出，当先俩人防备不及，一个照面就被打落在水。碰到最后那个粗壮汉子，却被汉子奇异怪力震得手臂发麻。好家伙，这厮绝对是野路子出身，这粗浅的招式看着像是乡下拳师的手段，但是一力降十会，手中长剑差点儿被他震落。

水里俩人这时候也赶忙爬了上来，看向孙归元一脸忌惮。虽说是措手不及，但这家伙的身手，这一手招式。刘鹏仔细看了面前这个年轻人，越看越像。那把剑！

“快来拜见老军门的后人！”说话间刘鹏已经拜倒在地，后面两人不明所以，一脸诧异，但看大哥的认真模样，也犹犹豫豫地跪倒在小船上。

孙归元眯眼一瞧，怕其中有诈，没敢直接上前，这突如其来的状况：“你是？”

“孙少爷，你不记得我吗，我是老爷的亲兵，你小时候我还看护过你呢。那一次，巡抚派遣巡查对军中情况进行问话，处处刁难敲诈勒索，几个兄弟受了伤落下残疾被安置在仓库，却被他侮辱浪费粮食。那些都是在阵前舔血连眉头都不皱的好汉子啊！可竟然被这个人如此侮辱。当时，我这血就往脑袋上涌，一时气不过，一锤子砸了上去。原本赌气大不了这条命就送在这事情上了，可老军门连夜给我盘缠让我脱逃，把事情一力扛下来了！我这条命可以说就是老军门给的！”

孙归元一下子把记忆中的人和面前来人重合一处。父亲让追捕人员走的完全是一条错误的路线，到头来自然是一无所获。那个督查伤得不轻，他也明白这事情父亲难逃干系，连夜就要回去向巡抚报告，还撂下狠话，借口防务有问题要让父亲的士兵们好看。父亲为了军中众人的生计，腰板子这么硬的一个人直接跪伏在地，大暑天跪了两个时辰。到最后，是父亲早年认识的一个邻近地区的主官从旁调停，还送了不少礼物，才算压下来。之后不久，父亲就积劳成疾死在任上。

“快起来，快起来。我应该喊你一声叔叔呢！”孙归元连忙拉起面前的人。最开始他是对此人有一丝怨气的，毕竟那件事对父亲影响极大，但是父亲死后，父亲的同僚下属一直照应他和母亲的生活，也让他更加了解父亲的为人，和这些过去接触不多的底层士兵们倾心交谈，也让他更加理解父亲当年的决定。

“什么，孙军门已经归天了！”刘鹏一脸肃穆，向北而跪恭恭敬敬地磕了三个响头。后面两人犹豫了一下，也跟着磕了下去。

“你们真决定跟着我了？”孙归元诧异面前这三个汉子没加犹豫的决定，但在军中长大的他，也能理解他们的决定。

“少爷，请一定收下我们，虽然我们做着水上的勾当，但打家劫舍，恃强凌弱的事情，我敢保证一定没犯过！我一直想回去继续为老军门效力，如今没了这样的机会，您一定要带着我，让我追随您左右！”

孙归元沉吟了半晌，点了点头，他原本就打算回来开一家镖局，用得上的好手自然非常需要。于是，将他们领上了船和戴阿堂一行人一一介绍，说到戴阿堂在做酱园生意的时候，刘鹏忽地一惊。

刘鹏趁着没人注意，将孙归元拉到一边：“少爷，我前些日子碰到一件比较奇怪的事情，也是和酱园有关。”

“奇怪的事情？”

“是的。前些日子我们发现一艘船，挂着酱园的旗子，看行头打扮还不差，过路的时候却不走大道。我盯上了它。在夜里时候，往芦苇荡子那一片穿行，那地方泥沙淤积，也就半夜的时候能勉强过去。我一寻思，这家伙诡异，无论如何先干他一票，肉多肉少也能填点肚子。等我们把这一群人收拾了，发现船上果真是些酱菜坛子。我们正失望的时候，老二感觉不对，这普通的酱菜，哪里需要五个人还带刀看护，而且还专挑这容易遭贼的路线走。仔细一查看，这船吃水不对，里面肯定还有东西。进了舱里一看，果然大有玄机，仓板底下还有一层，里面是个暗舱，满满全是食盐。我们船小，只带走一半，剩下的都留下了。一是害怕结怨太深，二是做事留一面嘛。”

“这倒是有趣得很。你们注意到这是哪家酱园店了吗？”

“好像说是扬州的，叫什么味的。”

“滋味坊！”

第21章

秋分——善恶有果，相报有时

“三千两，你这不是趁火打劫吗？”

“爱要不要。这小东西，也算是我这儿的当家花旦了，每天的老顾客就有不少，要是往长远算啊，我开的这价钱都算是吃亏了！”

“你！”孙归元有些恼火。他自然知道这是这帮人惯用的伎俩，漫天要价坐地分赃，但是考虑到自己毕竟已经受了托来办这事情，还是把一心的火气压了下来。三千两银子不是笔小数目，自己有心帮忙，可一下子也拿不出那么多，要是动了开镖局的钱，自己也会有些捉襟见肘。

“瞅瞅，她的老主顾又来了，看看我这摇钱树，可不是就你一人相中，我这价，值！”

“这是？”

“他你都不认识，这可是八香家的大管家贾三爷啊！”

“贾三！”

孙归元路上也听了董大川说了七七八八，心里顿时有了主意，打量了几眼贾三，趁着没人注意，从后门溜了回去。

“你说什么！贾三这人，差一点儿将我害死，现在竟然还去云儿那儿！”

“孙兄，你确定是那混球。”

“按照董兄的描述，应该是没有错的！”

“董兄，你这是在做什么！”突然董大川双膝一软，直愣愣地跪倒在地。

“孙大哥，这事情我思来想去只能拜托你，我们都没有那个飞檐走壁的本事。这惩奸除恶，伸张正义，也只有你能为我出头了！”

“兄弟，你这样折煞我了。你快起来，能尽心尽力的，我自然不会推辞！”

“好云儿，你给贾爷我笑一个！你那心愿我自然会帮你满足！”

“贾爷你可不能骗我，下个月你当真能让我见到大川哥。”

“怎么，信不过贾爷？”

“不不不。”女孩听了这话，赶忙从愁苦的脸上挤出一丝笑意。

“这才像话嘛！来，快伺候贾爷穿衣，今晚还有一件大事情要办！”

云儿慌忙起身，把散落一地的衣衫收拾好，服侍着贾三。贾三看着云儿动人俏丽的身影，心里面一阵荡漾。唉！可能，可能这就是最后一次了，他突然从背后抱住这娇弱的女孩。女孩的身子一颤，却不敢有丝毫的动作。

出了门，初秋的风在晚上凉意明显。贾三一个激灵，温柔乡中迷蒙的醉意减了几分，脸上一阵清寒。

这可是掉脑袋的营生，开弓没有回头箭！徐权那老狐狸嘴上说得漂亮，但我真要做了，他来个毁尸灭迹，我又怎么办？可我要真置之不理，不论是东家还是徐权都不可能饶了我。这事情！今晚，切！还想让我动手！反正那一包东西我拿了，五百两银子也到手了，这事情你又不敢声张。索性我再去八香那边偷那么一笔，立马就远走高飞，我倒要看看谁还能拿我有办法！

突然，一道黑影从侧旁小巷窜出。贾三脖子猛遭重击，随后就不省人事。

贾三像死狗一样被丢在他们临时租用的一家小院里，一群人围着他，表情各异。

“这老小子怎么会随身带这东西！”孙归元从他怀里摸索一番，掏出一大包东西。

“这是什么？”戴阿堂好奇地抓起面前的一包药粉。

“这是江湖上的不常用伎俩，无色无味，但是只要那么一点点，就会有很长一段时间感到头晕腹泻，平时一些江湖术士喜欢用这个去糊弄大户人家诈骗些钱财。别瞎动。”孙归元一个激灵把药粉抢回手中。

“食物中毒，难不成他是想阴损他的东家？”

“谁知道这小子是什么想法，身上竟然带了一张五百两的银票，看这架势像是打算跑路啊！”

“你们说，他现在最怕的是什么？”

“见官？见他东家？还是？”

戴阿堂微微一笑，将目光移向了董大川。

“啊！”贾三一阵哀嚎，这次他真是感觉自己见了鬼。

“董大川！董大爷，你的死不能全赖我啊，徐权那家伙才是幕后指使啊，你可不能把账算在我身上啊！”

“贾三，你还我命来，今天又要去作孽了吗？”

“我！”

“快说！”

“徐权，徐权他让我把这包药放在进贡的酱缸里，说是把这事情干了，我和他以往的恩怨就一笔勾销。可我真没打算干啊，这可是杀头的罪啊！”

“那你为什么这么对云儿？你！你真是禽兽不如啊！”

“我禽兽不如，我禽兽不如！您大人有大量，我一定给您按时烧纸，我把我的钱都给云儿，我去投案自首，您别带我走啊！”

董大川双目赤红，血气冲天，被烛光一照，更显狰狞。贾三心里本来就着慌，现在更是吓得不轻，一下子就背过气了。

另一路，大牛和耗子已经进入妓院。

“快把我妹妹放出来！要不把你这地方拆了！”

老鸨一脸惊恐地走了出来，看着面前凶神恶煞，还长着一脸毛的汉子。另一个身形粗壮的，看着也不像是好人。

“两位爷，你的妹妹是哪一位啊？”

“我妹妹都不知道，就是小云姑娘！”那个毛脸汉子异常不耐烦地吼道。

“她家里不是就剩那一个醉鬼老爹了吗？买回来我查清楚家底了啊。”老板娘和身旁的龟公嘀咕。

“什么，小声说的啥？你是不是怀疑我们说的话，我们！”

“二哥，我肚子有点饿了，拿点肉馒头来。”

“得嘞，包里就有！”

老鸨看着面前的人，从包里掏出一团还滴着血的牛肉，还滴着血，用匕首简单切了几刀，就放在嘴里撕咬着，里面的血汤顺着嘴往下淌。

“二位爷，云儿可是卖给我们了！”

“你收了多少钱？”

“我们对她也算尽心尽力了，好吃好喝地伺候，现在给三千两……”

大牛双眼一瞪，用力撕下一大块血肉，放在嘴里，几滴鲜血在嘴角挂着。

“不不不，一千两就可以把人带走了。”

“嗯！”大牛把桌子一拍，铜铃样的双眼猛地一瞪。

“爷，这……”

“你当时不过出了三百两，我现在都还给你，足足的了！”另一个汉子冷笑一声。

“这事情，我们可！”老鸨子颤颤道，想为自己再争取一些。

大牛将剩下的肉胡乱往嘴里一塞，抹了抹嘴唇。

“行，行！快叫云儿下来！”一旁的龟公早就吓成一团，听了这话，如蒙大赦，赶紧爬上楼去。

“爷，这是云儿的卖身契。”

大牛抢了过来，一下子想起自己不识字，于是将字条举高。耗子简单看了一下，点头示意无误，一把揉成团塞进嘴里嚼巴儿下咽了下去。

云儿从楼上匆匆下来，也被龟公的描述吓做一团，不知道这是从哪冒出的哥哥。

耗子看见下来的女子和董大川描述的形象一致，心里有了主意，将董大川给他的绣帕从怀里抽出。

云儿眼前一亮，顿时明白了几分。

“云儿，这是你哥哥？”

“是的，这是我表哥，很小就出去闯荡了！”云儿强作镇定地答道。她有种预感，这一次应该真的能让自己脱离苦海。

“那，我妹妹就带走了。”

“好！”老鸨慌忙答应，看着这两尊煞神领着人离开。

“八香家之所以能长盛不衰，靠的并不是某一方面的因素。滋味坊一直以为是那些调配酱菜的配方，把我送进来偷师偷秘方，可经过我长期观察，秘方可能并不是最关键，那些扑在酱园一辈子的老大们，才是八香享誉东南长盛不衰的主因素。他们技艺精湛，了解各味调料的适口程度，熟悉各种菜式的咸甜酸辣。普通人就算有了配方，也没办法根据这些东西做出最美味的酱菜，而他们虽然每个人并不能知道酱园所有种类的完整配方，可是对于自己专精的菜式，他们只要舔几口汤汁就大概知道这其中的制作方法。”

“可是，这样的老大怕是被八香当个宝一样供起来，怎么可能愿意私底下帮我们做酱菜呢？”

“谁说一直当个宝啊？他们年轻力壮时候，自然是礼敬有加。可一旦年纪大了，仅仅给他们一笔微薄的安家费用，就把他们打发了。这些人考虑到自己的子侄后辈有些还在酱园工作，也就默默地忍气吞声了。”

“什么，竟然这么对待为酱园奉献一生的老人们！？”

“是的。这确实非常过分。这上一任的酱园作坊的老大是个全才，大部分营生都是靠他这一把好手，尤其是酱油和时令菜蔬的腌制，堪称业内第一人。后来他年纪大了，体力跟不上了，把位置让给自己的侄子，自己从旁顾问。可半年前害了病，需要不少名贵药材细细调理。开始东家还过来探问，送些东西并且支付大部分医药费，到后来发觉这是一个无底洞，就不肯再来了。他的侄儿更是落井下石，釜底抽薪地偷走了他存放积蓄的箱子，把他丢在酱园后院的小屋子里，平时就让下人送点剩饭，再不管他的病情。那些天差遣我去送的时候，他想喝一碗河鲜豆腐汤，我看着实在可怜，就自己花钱做了端过去。老头子风光一辈子，可是如今竟然如此凄惨！我想要是把他接回去，虽然照顾他要花不少银子，但是凭着他的手艺，还愁玉堂培养不出自己的酱菜人才？”

戴阿堂听了大喜，他自然是明白，如果可以自产自销，这中间是有多大的利润，可是要把这样一个风烛残年的老人从人来人往的酱园作坊弄出来，还要带出城去，实在是难度很大。

“大川兄弟，你看看谁来啦！”

“云儿！”

这对遭受了无数风雨磨难的有情人总算拥在了一起。

贾三醒来的时候，屋内一片漆黑，只有远处几点烛火在闪烁。

啊！这是公堂，怎么还有牛头马面！

“我！”贾三刚想喊叫，一旁一个鬼差模样的人恶狠狠地瞪了他一眼，把他后半句话吓了回去。贾三心里一惊，屎尿都有些控制不住了。

在他前面几步远的地方，跪倒着一个人。

“堂下人可曾做过缺德损阴之事！”一个穿着一身玄服的老者沉声问道。

“禀阎王，小的不曾做过！”

“不老实！这册子上清楚写的，你栽赃他人，致其入狱，如今还敢知情不报？来人啊，将他的人头剁下。”

“是！”牛头马面将此人带下，过了会儿，一个血淋淋的包裹拿了上来。

“验明正身，丢出去。下一个！”贾三被一旁鬼差扶了过来。这鬼差，怎么是董大川？

贾三两腿已经站不直了：“大川兄弟！大川老爷，你可千万不能怪罪我，我！我！”

阎王：“堂下之人罪责很重啊！”

贾三听了，再也支持不住，一下子晕了过去。

一旁鬼差看了贾三一眼，不屑地说道：“还真是不经吓，这样就晕过去了，原本还准备再送他几份大礼呢！”

牛头马面除去头上的套子，正是戴阿堂一行人。

第二天一大早，官府门前躺着一个臭气冲天的人。衙役上前一辨认，还是熟人，这不是八香家的管家贾三嘛！于是，让人通知八香家过来领人。

贾三被门口的好事者泼了一盆冷水冲醒，之后就开始胡言乱语，其中好像提到滋味坊的徐老板，又说了不少乱七八糟的事情，围观的也都没听明白缘由，纷纷哄笑。

这时候，扬州最大的两个酱菜行老板却都是吓得不行。

“贾三这小子，平时迎来送往也没有背着他，别把什么不该说的事情说出来！”孙耀辉催促手下抓紧点，快去把那丧门星接回家来！

“快，你们麻利着点，快赶到县衙！”徐二鬼慌忙地呵斥着下人！

“人呢，贾三去哪儿了？”徐二气急败坏地喝问。

“二爷，他刚刚被八香那边接走了。”门口站班的衙役认识徐二，上前来答话。

“这小子没说什么吧？”

“能说什么，胡言乱语的，看着应该好不了了！”

“胡言乱语，说的啥？”

“谁知道啊，怎么，二爷找他有事情？”

“我找他能有什么事情，他才借了我的银子，怎么转眼就疯了，他不会是想逃账吧！”

“看着不像。二爷，你这次可算是亏大了，他好像是真疯了，屎尿糊了一裤子，臭气二里地都闻见了！”

“唉，谢谢您了，我看样只有自认倒霉了！”

走过街角，徐二握紧拳头，狠下心来：“不管是真疯还是假疯，这小子不能留了！”

当天晚上，那个被关到柴房中疯了的贾三不慎落水身亡。官府过来询问，孙耀辉没好气地回答，这么一个疯子，谁关心他的死活！此事蹊跷，却也不了了之。

谁也没注意，那个在后院几乎要被人忘记的老头子，就这么被偷偷地送了出去。

后来，这个老先生被带回了济宁。在戴阿堂一众人人参羹汤日日伺候，养了三四个月，不仅恢复了健康，身子骨比过去还硬朗了几分。戴阿堂专门找了一个小徒弟贴身伺候。他一直到十多年后才无疾而终，生前为玉堂留下十多个小徒弟以及品种繁杂、数量众多的一张张配方。这些成为玉堂日后立足于大江南北的根本！

“戴掌柜的，这一份大礼我就送给你了。看得出来，您日后是个有大福报的人，若是有缘再会，再来把酒言欢！”

“孙兄，你这礼太重了。这些食盐都可以买下整个玉堂了！”

“戴掌柜放心，这食盐明显是走私来的，那伙贼子不会有胆子声张。到时候，请张总镖头帮忙押送，一定有办法运回去。你要是过意不去，到时候将部分钱款接济一下天津的慈济堂，那里有不少边关兄弟的遗孀孤儿，我以后可能不大可以经常去看他们了！”

“孙兄放心，我记在心上了！”

第 22 章

冬至——暗流涌动，诡云奇布

“靠着这一笔食盐的支持和那位老先生培养的众多徒弟，玉堂用了不到五年时间，成为济宁州乃至于整个齐鲁大地都响当当的字号。济宁街面上大大小小的头面活动，几乎都有玉堂的资助。”

孙劲风拿叉子插起面前的牛排，也不细切就吞咽下去。心里暗道，下次停靠港口的时候，一定记得要买些大米，自己的肠胃已经很难消化这些西方的东西了。

一阵不太整齐的掌声响起：“孙，你的故事很棒，可是恕我直言，我记得你们中国人非常注重姓氏的传承，如果没有重大的变故或者意外，家族的继承人一定是一样的姓氏，可是这个故事直到现在都还是在说戴阿堂戴家，但玉堂的掌门可是你们孙家。”

“比尔，你很聪明，对中国的了解也很细致。确实是这样，玉堂是我们家族从老戴家手中接过来的。”

老天不给脸啊，带给山东这么一场惊天祸患！饥荒！饥荒！饥荒！在那样的年月里，人吃人可不是故事里的传说。省城、府城里面还好，在乡下，所有能吃的东西几乎全都吃光了，树叶、树皮到最后观音土也进入了那些饥民的眼中……这些事情我是听那些进城避祸的老百姓说的。他们捧着粥碗的手不停地颤抖，眼神中的惊恐之色仍在。

玉堂所在的地方还算平安，州府老爷一看情况不对，把刚刚征缴还没上交的军粮赶紧扣了下来，在紧要关头放出一些存粮平抑物价。虽然也是紧紧凑凑的，可最起码没有饿死人的危险。早在三年前，戴阿堂考虑酱园对于各项粮食、蔬菜的用量需求颇大，所以设立了专门的仓房储备粮食、瓜果菜蔬。经过这几年的经营，运河边上一排溜的仓场全是老戴家的，只要库房的仓储数量少于一半，各处的代理商立马就在整个运河水道全线征集补充。在这当口，正是玉堂前一季粮食进仓的时间，所以玉堂反而成为济宁州最为殷实的商户。饥荒年代，金银珠宝又不能填饱肚皮，就属这粮食最值钱了。换成其他人，早就大发其财了。可戴老板做的，那叫一个仁义。

“老爷，面酱作坊真的停掉？”

“是的，粮食的价格已经涨到这个程度了，谁还有心思享用蘸酱啊，停掉吧！”

“可我们储备的粮食还很充足，那些大户人家还是有订单的！”

“把库里省下的粮食全部送到我们家的粥铺。记住，不要做稀薄薄的汤水，多放些米，要高于民间赈灾的法则，最低的标准要能够立筷！”

“东家，就算是把这些米放在市场上出售，那也是一笔不小的收入。”

“按我的吩咐做吧！”

“掌柜的，仓门的大主管王七不相信您干这么蚀本的事情，以为是下面兄弟谎报军情，说是钥匙不在身边，不肯给我们开大门。您看，这事情是不是再商量商量？”

“备轿！不用了，我自己跑过去。你们两个，给我找一把大斧头跟过来！”

“大斧头？”

“老爷，您这是做什么！”一伙人目瞪口呆地看着戴阿堂对着自家仓门的大锁挥斧劈砍。

“山东的灾情一天不过去，还要这破锁有什么用！过来吃粮的都是被逼得没办法的乡里乡亲，古人造锁是为了防贼，我们这把大锁又是在防谁？难道是防着过去一直买我们玉堂酱菜的老百姓吗？”

“老爷，您歇着，您歇着！别伤了手！我开门还不成吗！”王七赶忙过去掏出藏着的钥匙把大门打开了！

“老王啊，我就知道你要来这一手。你一辈子都为了玉堂，这心思我懂！可你也是大灾年逃命出来的苦孩子，将心比心，我们这施舍的一碗米，保不齐就是救下一条人命啊！”

“老爷，七儿全听您吩咐，刚刚是七儿老糊涂了！”

戴阿堂默默地拍了拍这个老伙计的肩膀，将快要跪倒的他一把扶起：“七儿啊！这事情我还是交给你办才能放心。听好，这大门咱这一阵子就不关了，每天足足的三袋大米，两口大锅从早到晚一刻都不要停下，米不够了，你酌情再加些。锅烧坏了，直接吩咐柜上，赶紧给你送来。我就一句话，只要来这儿躲灾避祸的，都要让他喝到一碗热热的、稠稠的米粥！”

玉堂的几大作坊因为原材料缺乏，大部分都停下来了，不少工人都闲在院子里没事做，但玉堂家仍旧按照饥荒之前的标准，把他们该得的工钱折合成口粮进行发放。现在，大家可能不能理解折米发放，这是多大的恩德啊！要知道那时候去外面采买粮食，价格足足上涨了九倍！就这还都不一定有人愿意出让！戴家一家子都是好人啊！就他那卧病在床的姐姐，眼瞅着要不行了，把自己多年的积蓄全都拿了出来，让戴老板能多帮一个人就多尽一份心力。那时候，就算是官方赈灾的粥铺都是稀汤寡水，能有点儿米味就算是很有良心了。可老戴家的粥铺，除了厚厚的一层米之外，还在粥面上放一个酱瓜或是一个大蒜头。那酸酸甜甜的滋味，对于缺盐少油的灾民来讲，真是意义非凡啊！

中国的老百姓最大的一个优点，就是能熬。给口吃的，保证饿不死，他们就如同土地上的小草一样，看着病恹恹的好像无法支撑，却仍旧倔强地保有一份生机，挺到来年，又会艰难而又坚持地在一片片土地上耕作生存。玉堂在当年亏损白银近八万两，帮助了数千灾民。要知道，那时节普通的中产之家的家产也不过三五千两。可想而知，玉堂这一次可说是伤筋动骨了。

第二年春收，玉堂柜面上现银不足，连兑付雇工的工资和拖欠其他收购商的款项都无法应付，更别说像过去那样到各个州县收购原材料。消息通报，这可急坏了戴家老小和玉堂的各大柜面掌柜。酱园的生意本小利薄，可只要这资金和酱菜能转起来，凭借玉堂这么多年积累的生意和口碑，戴阿堂是有足够的信心能够扭转劣势。可这时候出了这种状况，实在是让他有心无力。

“把沿街铺面出售一批吧。玉堂的声誉最要紧，先把经销商和工人的欠款垫补上！”沉吟半晌，戴阿堂发话。

“戴老板，这事情您就不要操心了。玉堂上下，包括外面的各处代理人，这阵子都找我谈了。他们说能度过荒年到现在，全仰仗戴家的仁义，这时候再开口要钱，于情于理他们都过不去。只要每月像过去那样给点儿口粮，他们的钱可以等玉堂恢复经营之后再做结算！”

“这怎么可以？”

“戴老板，这也是我们几个掌柜的想法。我们的分红也不必考虑，来玉堂第一天，我们就不把自己当个外人了！”

“那好吧。这份情，我们戴家人领下了！”

“戴老板，外出收货的兄弟回来了，正在仓房里面卸货呢！”

“卸货？你说什么！我们这边钱款都没有凑足，他们是怎么把货拉回来的？”

“这个小的就不太清楚了。钱掌柜说，他交接一下就过来禀报！”

一众人议论纷纷，但想到老钱平时就是个稳妥的人，这时候能把货物顺利带回，肯定是实打实的好消息，心里虽然忐忑，但上上下下并不感到惊慌。戴阿堂端起茶碗吞下一大口，看着厅堂上“童叟无欺”四个字并不作声。

“掌柜的！大喜啊！”老钱气喘吁吁地奔了过来，肥胖的躯体汗津津的，用手中和身体极不相称的一方小手拍擦着顶门上的汗。

“先给钱掌柜冲口凉茶，坐下来慢慢说！”戴阿堂吩咐道。

“你是说，沿运河各城镇的乡民们，仅仅只留下简单的票据，就让我们先行把粮食拿走，答应等到酱菜正式生产出售之后，再兑付他们的钱？”

“是的。老爷你可能没有想到，其中最卖力为我们奔走的，是长年累月为玉堂肩挑背扛的这些下苦力的挑夫们。他们说，十里八乡能熬过荒年，全靠了玉堂家的接济。如今玉堂有难，他们也不能袖手旁观！不少将信将疑的人家，正是在他们的劝谏担保下，最终下定决心的。这还不是全部的货量，下一批十多条船也装船过来了！”

“什么？”

“是的。掌柜，这群老兄弟说了，玉堂是绝不可能亏待任何一个为玉堂做事的人！”

“这！这……可我也不能让他们吃亏啊。一年到头，这些乡里乡亲可都指望着那一点点收入呢！”戴阿堂被深深地感动了。多么好的一群农民啊，你对他们好那么一点点，他们就对你掏心窝子！

“大掌柜，我们玉堂各色经营，去掉成本，大约都能赚多少？”

“戴老板，直接说吗？”

“没事。这时候能在这里坐着的，就都不是玉堂的外人！”

“明白了，玉堂这几年经营，一些普通酱菜胜在量大，不过两三分的赚头。那些精细酱菜和酱料米酒利润高些，有些甚至超过了一倍，平均下来这几年都能有一半的利头！”

“我知道了！”

“你听没听说，玉堂发行了一种兑票。买了兑票，就相当于当上玉堂这一年的老板。到年底的时候，就算玉堂亏损，玉堂也全力保证本金按时兑付，但要是玉堂这一年赚了啊，可以按照实际的盈利进行分红！”

“有这等好事？玉堂可是咱山东顶尖的字号啊，这消息放出去，那可是……”

“就是呢，我也打算回去凑凑，买个八十两的！”

“切，玉堂去年开仓赈灾，早就伤筋动骨了。这时候搞这个，要是年底还不上了，有你们哭的时候！”这世间总有些说风凉话的，见不得别人好。

“你算哪门子东西！玉堂赈灾，那是玉堂的掌柜的宅心仁厚，如今短缺些资金也是正常。你说这话，这不是存心想做大家的公敌吗！”

说话的人看着周围瞪着自己的一双双眼睛，一下子就矮了半头，灰溜溜地走了。

“戴老板，柜面上原本只打算凑个两万两的，可是前来购买的人实在太多，不少还都是山东界面有头有脸的人物，其中还有您的老朋友张爷和他拉来的人，更是一下子就买了两万五千两，还不许我拒绝。现在看来，至少要发五万两才能打足！”

“行吧，那就全收下。趁着这个机会，我们把几大作坊扩大生产。前一年饥荒，不少人口中都寡淡了。这一年的年景不差，我们的生意也有很大机会。”

“明白了，那我就全收下！”

“对了，老钱，我们玉堂雇佣的工人包括你们几个，也把少你们的工钱印上票面。到年底的时候一并分红！当然，如果是需要结算现银的，你还是直接结算，不得刻意为难！”

“掌柜的，我们自家人就不必……”

“自家人就更要如此了。亲是亲，理是理。这道理不能乱了。”

年末，玉堂兑付完所有票面后，盈利近两万两。不少商户提出第二年想继续购买，戴阿堂考虑后答应了大家的诉求，持票者可以先取分红，仍旧保留票根，第二年再行兑付，并且联系了天津版刻画的商户，印制了更为严谨、防伪的玉堂票号，统一用印后派发。一时间，玉堂票号供不应求，有人家手上银钱不凑手，想要出让玉堂票号暂缓燃眉之急，市面上甚至有不少人愿意用高出票面价值的银子回购，由此足见大家对于玉堂绝对的信心！

第 23 章

大雪——仗义直行，还恩报情

“大家都可以过个好年了！”

“是啊，是啊，贺喜戴老板！”下人围成一团，纷纷向戴阿堂道贺。因为操劳辛苦，戴阿堂不过四十出头的年纪，却已经生出不少白发。今天明显看出他兴致很高，掏出管家早就准备好的红包给下人一个个发下去。里面是一个个写了字条的纸张，有的是一袋米面，有的是一坛子酱菜，最大的彩头是一张五十两的玉堂票号。这一张被前院打扫的老张头摸到了，这时候正兴奋地站在那喊叫。戴阿堂微笑着看着这一切，握着一旁妻子的手，恬然而又满足。

“戴老板，张爷来了！”

“快请，快请！”戴阿堂心里有些犯嘀咕。年前去拜访老哥，曾邀请两家人一起过个年。张大刀说他好久没回老家了，已经知会老家那边准备着，打算去住几天，等过了十五再回来找他。可这个时候，怎么还没走？

说话间，张大刀已经进门了。快六十的人因为勤于练武的缘故，身子骨比年轻人还要坚实硬朗。一年前，有个后生挑战他，要不是张大刀惜才有意相让做了个平局，明眼人都知道那后生绝不是对手。

“戴老弟，到你书房说话吧！”张大刀面无表情不再多言，熟门熟路地往后面的书房走去。

“好！”戴阿堂跟在后面，嘱咐下人不要来打扰，心中暗道，看样子应该是出了什么事情了。

进了门，张大刀探头查看了一遍四周，将门小心扣上，口中说出的话，却是让戴阿堂诧异万分：“漕帮出大事了！”

“什么！”

这个时候，正是清朝最为繁荣昌盛的时间。说起来，也是华夏民族历史上少见的盛世。漕帮上下经过这么些年，反清复明的心念也没有最开始那么浓烈了。一是没什么机会，二是没太大的必要。人民大多都能吃饱穿暖了，这个时候再去起兵，反而显得不合时宜。

许老大将帮规宗旨换成扶危济困、侠义忠勇，明里暗里也默认了目前的局面。前几年，索性将帮中大小事务全都交给了已经完全可以独当一面的王亮，自己乐得闲云野鹤，寻亲访友。

接手漕帮事务的王亮表现出了极为出色的管理能力，曹康这个时候已经是掌管一方水道的主管官员了。在他们二人的通力配合下，漕帮几乎垄断了那一圈河道的大小生意，运输出让要是不经过漕帮的手，根本就无法进行。此时的漕帮不管是声望还是财力，都算得上江南第一大帮派。说是漕帮出事，也难怪戴阿堂惊诧。这些年因为种种顾虑，戴阿堂没敢多和漕帮高层接触，但说世上能动得了漕帮的势力，还真是屈指可数。

张大刀重重地叹了一口气："记得马冲吗？"

"那家伙不是说那天晚上已经被漕帮的兄弟处理掉了吗？"

"马冲是死了，可在死的那一天晚上，他把自己的猜测对他的家仆马三说了。这个马三倒当真是个忠仆，隐忍了数十年，搜集大小证据。前阵子，竟然真让他碰到个出来寻访的监察御史，不惜财力制造机会和御史恳谈告状。这御史也是奉旨外出寻访，一下子意识到这是个大案要案，于是顺着这条线挖到漕帮的许老大和曹康，并且从外地调兵设了个局，那些老兄弟除了庄猴儿，其他一个都没跑掉，都折在一场鸿门宴里！"

"朝廷对这些重犯要犯不是秋后问斩吗，还没有办法从中周转。我这玉堂都是这几位好兄弟给的，全都卖了能换他们性命都是应该的！"

"来不及了。那边传来的消息，这些人牵扯太广，又都是江湖上的头面人物，为了避免夜长梦多，他们这几个主犯一经确认身份，现在……可能……"

"张老哥，别这么想，许大哥他们一定会吉人天相！"

"兄弟，我们江湖人第一天出来闯荡，这些生生死死其实早就已经淡然了。可是那边传回消息，我想是错不了。为了警示天下人，要把这帮老兄弟的尸首悬在城楼上示众，之后抛到乱坟岗子里去。对于他们的家人后裔，也是赶尽杀绝。我怎么能眼睁睁看着这样的事情发生！反正我也这个年纪了，该经历的、该感受的也都够了。如今打算拼着一条性命，救下他们的孩儿，抢下他们的尸首，也算是对他们最后的报答了！”

“张大哥，你有几成把握，能做这事情？”

“我……”

“张大哥，给我点时间，我想我能为这帮兄弟把这最后的事情办了。”

我们孙家前辈人，大部分都是读书人，走的是仕途功名的道路。但也有个别例外，靠着经商发家。我的祖辈孙阔图打小就不爱读书，生意倒是做得有模有样。对于山东的玉堂酱园他早先就有生意上的接触，一直有入股的打算，可玉堂的经营状况一向不错，对于我们家这种官不官商不商的经营路数不太认可，对于他的建议一直没有得到满意的答复。

那天，戴阿堂和我的先祖谈了很久。外界传闻，戴阿堂将自己数十年的积蓄都交给了我的先祖，之后先祖就专心去朝廷上下走动，靠着孙家的关系网，每天花钱如流水，应酬不断，这桩惊天大案最终被低调处理。主犯伏法到此为止，从犯借口牵扯甚广不予追究。在执行的过程中，也是睁一只眼闭一只眼。

这件事情尘埃落定后三个月，仅仅用一万两银子的价格，玉堂酱园从戴家转手到我们孙家。戴家仍旧有不少得力的人留在酱园为我们孙家效劳，并且一直持续了很多年。戴家只提出三个条件，字号不能改，品质不可变，信誉不要毁！

“尊贵的先生们，很抱歉打扰到你们的交谈，但是我们离海岸线不远了，这个过程里可能会有较强的颠簸，所以希望你们暂时回到船舱！”船上的大副走到甲板，礼貌而又带着命令的口吻看着面前这群年轻人。

这一路上，船长一直怕这帮血气方刚的大小伙子生出事端，好在他们虽然不断地争执但并没有发展为流血事件。可大晚上这些人喝点儿酒，产生的国别和意气之争仍旧很令人头疼，好几次都是被船员强制拉开。好在快要结束行程了，甲板上几人对视一眼耸了耸肩，没说什么，陆续往下面走去。

孙劲风跟随众人向船舱中走去。临下去时，回身对着祖国的方向深深地望了一眼，一股无来由的豪情涌上心头：“男儿何不带吴钩，夺取关山五十州！”澎湃的大海让这声音听起来不太分明，但孙劲风清晰地听到了自己年轻的心脏有力的跳动声。

第24章

小满——异国征途，明枪暗箭（上）

“看！前面已经瞧得见大陆的轮廓了。过一会儿，你就要踏上我们国家的土地。孙，你是第一次离开自己的祖国，可能暂时体会不到，但我这个时候是十万分骄傲的。你必须承认，不管你的国家和企业曾经是多么多么地棒，但是现在，我们！我们这个年轻、伟大的国家！正在完成你们无法想象的奇迹。”经过一路上的相处，比尔和孙劲风之间已经建立起了相当深厚的友情，言谈交流也更为恳切。

“是的，朋友。从某种程度上来说，我没法反驳，但是请相信，在我们的历史中，比现在更加困难的时刻并不少见，但我们现在还顽强成功地生存着，两千年！抱歉，我必须提一下我们国家的历史，两千多年来，奇迹在不断发生着。”

“哈哈哈，果然狡猾！在这一点上，我无法反驳，只是不知道这一次你们需要多久？”

“我们会看到的！”

“拭目以待！”

“谢谢！”

站在一旁个子稍显矮小的日本人坂本三松不置可否地嗤

笑一声，声音刚好控制到被席卷的海浪余音悄然吞没。他时常加入到船上人的讨论中，却并不作出明确的表态，但是偶尔流露的嘲讽神态或者故作谦逊的伪装却让大家很不舒服："等着吧！最后的胜利一定属于我们日本人！"

孙劲风回到自己的船舱，小心地摸出压在行李箱中的西装皮鞋。这是走的时候，叔叔特意赶过来送给他的，临行的话语仿佛还在耳边："劲风，入乡随俗，换上这一身，是对本次活动的尊重，也是对外国规则的尊重。记住，上一代人丢了的脸，在你们这一辈一定要补回来！有一天，这样的盛会，我们国家也会有资格、有能力举办！这样的规则，也会由我们来制定！"

海运码头。

"你说什么，我们的东西，需要自行装卸，然后想办法运送到指定地点！这是什么道理！"

"很抱歉，但是按照规定确实如此！"

"这难道就是贵国宣称的公平正义吗？我记得按照会务安排，只要我们收到邀请函，并且踏上美国的土地，我们的一切行程就应该由会务组负责！"

"先生，您说的没错。按照惯例我们理应服务，可是你们的相关费用，并没有通过银行按时汇到我们的账户里。当然，经过大会讨论，我们也了解你们国家目前面临的实际情况，允许拖延一段时间并且减免其中的部分项目。按照协商的结果，你们的食宿会按照大会统一标准严格执行，但是因为你们各自登船到达的时间过于分散，而且货物种类太过于复杂，我实在是爱莫能助！”

“好吧，抱歉，我有些冲动了！”冷静下来的孙劲风明白，他们说的是实情，其他的国家和地方对于参加赛事的各家代表，都有相当丰厚的一笔补助，让这些代表们足以衣食无忧地一展身手。可自己的祖国，只有少部分富庶的省份得到了一些当地军阀的赞助，其他大部分都是自费参加。至于那些所谓空头支票，所谓获奖之后回国兑现的承诺，并不能太当真！

来之前，孙劲风就有所耳闻，国外的运输和人力成本有多高，他换来的美元数量并不多，如果加上这一笔预算，自己带出来的钱怕是……

几点了？孙劲风习惯性地抬手看了下时间。

“真漂亮，你们东方的手工艺产品，还真是没得说！”码头上一位正在等待报关的船长无意中往孙劲风这边瞥了一眼，由衷地赞赏道。

孙劲风心里一动，把自己全身上下一打量，随即释然大笑。还真要感谢过去的败家啊，手上这镶了宝石的手表，胸口挂的配饰，还有行李箱里面的几件小玩意，孙劲风顿时就有了底气。这些可都是精工细活，用大料整块加工，就算是在他们当地，那都是数得过来的好货。这东西在国外不敢说绝无仅有，但也绝对是些稀罕玩意，并且外国人似乎对这些兴趣十足，万不得已时把这些身外之物全都卖了，这一趟还是应付得来的。

“少爷，您不用担心，大不了我们几个趁着空闲轮换着出去帮帮工，大钱没什么本事，但是不会给您添麻烦的！”

跟着上船的是老管家的儿子何大。小的时候孙劲风父亲恩准他一起在家读书，但是何大确实不是读书的料，简单认识几个字，性子就耐不下来了。后来，老何也想开了，什么人家什么命，当不了主子就赶紧培养怎么做个好奴才吧！好在何大看得开，也识大体，老老实实在父亲的带领下为孙家做事情。虽是小错不断，却手脚勤快，在外面惹祸回了孙家倒是老实。孙劲风也一直没把他当外人，因为两人小时候就一起闹过学堂。这次一听要出国，何大整天就在孙劲风面前晃来晃去，孙劲风也是好脾气，没辙索性把他也带出来。不过还真别说，这一路上，何大确实是个不错的帮手。

“说啥丧气话啊，车到山前必有路。再者要真到了那步田地，大家也要同甘共苦啊！别说是你们，我也要去餐馆端盘子倒水！”经过这一遭的锻炼，孙劲风的心智可比过去进步多了。他明白哪怕事情不能做圆滑了，这话也必须讲得圆实了才成。

“让少爷去不是打我们的脸吗？这些粗活本来就该我们干，在家里和在这美国还不一回事啊！”

“你们几个陪着马伯在这儿等着，我去去就来。”

马伯是家里的老工人了，今年已经五十出头，作坊千挑万选让他跟着一起来。在技艺上，马伯绝对是行家里手，因为有些酱菜是新鲜做的，计划中就是比赛快开始在美国临时赶制。而那些已经做好带过来的菜品，也需要保持随时关注，冷热干湿都不能忽略。一路上，马伯可以说是尽心尽责，刚刚适应了晕船的劲儿就开始里外操心。

“谁能借给我们一辆卡车，我这块表就是谁的了！”孙劲风跳上码头石墩，用着比出国前流畅地道许多的英文询问，不多会儿，身边就围了一大堆人。

“小子，手里的货拿来看看。”

孙劲风打量来人。一脸粗犷的大胡子遮盖得基本看不清脸上的轮廓。头上戴着一顶宽檐的大帽子，裤子收窄，一把匕首随意地插在腰间，略一看，还有几分山东马匪的风范，倒是让孙劲风多了几分没有来由的亲切感。孙劲风伸长手，把手表递了过去。

“你是大清国的人？”

“是的！”孙劲风下意识地回答，虽然现在已经是实实在在的中华民国，可就连大部分国人自己都没彻底转变过来说法。

“等等，你刚刚说的是中文！”孙劲风瞬时间有些凌乱，刚刚的一问一答太过于顺理成章，连他自己都没反应过来，自己用的是中文。

“成交，我的卡车就停在码头边上，洛夫——很高兴为你们效劳！”

“我说你的中文怎么比我的英文说得还好呢，原来是这样！”

洛夫并不像他的外表看上去那么冷漠粗犷，几次交谈后，洛夫就把自己的身世和盘托出。

洛夫是个孤儿，他甚至不知道自己的父母现在何处，很小的时候就被小镇上客栈老板娘收养。客栈老板娘孤身一人，也不知道多大年纪了，但是对他很好。四岁的时候，那个名义上的养父出现在了这个平静的家里，据说是在老家犯了事情，而且是重罪，所以脸上有一道重重的疤痕。他跟着大船一路逃亡到美国，是个没有身份的人，只知道他的名字叫作泰，后来才知道这是中国最重要的一座山的名字。客栈老板娘为了让他能够留下，和他成为正式的夫妻。一年后，老板娘因为生病去世了，留下这个一老一小，根本无力无心经营店铺，只会坐吃山空。不到三年的时间，洛夫长大了，可老板娘留下的钱财也用得差不多了。

那时候，洛夫才知道自己的养父是个贼，那种非常出色，称得上是神乎其技的贼！

义父告诉他，在那个遥远的东方，人们都叫他贼。这绝对不是一个很好的称呼，不过他的义父却对此感到非常光荣，因为这是同行对他绝对的致敬。自从从事这一行以来，他还从来没有因为钱财而发愁。

他告诉洛夫，自己曾经有一个师父，他的师父是当地最出色的贼，他教给了徒弟一身的本事技巧和一句忠告——“一个贼如果不以偷东西为目的而去偷窃，那么他就离失败不远了。”很显然，他看透这个弟子，外表冷漠，内心却是汹涌澎湃。

贼遇到一个足以让他心动的女子，这个女子的父亲也是地方上地位显赫的官员。两人本不应该有交集，可是女子的父亲遭人陷害，求告无门在狱中等死。女子四处奔走，自以为找到父亲旧日同僚做主，只缺少为父亲翻案的证据。贼在那个时候挺身而出，他知道，这是他唯一可以为这个女子做的。

他偷偷地潜入那些官员的府邸，尽管核心的账本都放在他们自以为最万无一失的地方，可对于贼而言，这世上从来就没有什么东西可以是万无一失的。

他偷得很顺利，把这一切交给那个女子时，女子倾心的微笑让他一向冷肃的心迅速融化。女子主动抱了一下他，这在那个时代已经足以说明很多事情了。之后，他陪着那个女子把所谓的证据交到一个大官的手里时，两人立即就被逮捕了。直到后来他才明白，自己捅了多大的窟窿，账本里面涉及的官员，至少包含两个省。法不责众，就算是皇帝都没有魄力去惩治如此数量的“爱卿”们！

刚送进来，他就明白了什么叫作往死里打。多年的训练让他在这样的打击下受到的伤害尽可能最小。到了晚上，开锁、缩骨、潜逃，他逃得很顺利，他最后看了一眼自己的爱人，她被看管得更加严密，贼只好离开，从长计议。对，就是爱人。在走进府衙的前一刻，女孩告诉他如果父亲顺利放出来，她就会和他在一起。虽然这可能性不大，但是这个结果想想就令人感觉异常美好。

随后，他被全国通缉，女孩和父亲据说在“潜逃”过程中拒捕被杀，此案尘埃落定。他亡命天涯，四处躲藏数十年，直到大家忘记了那件事。他一个个地杀光当年涉案的官员，最后跟着一批广东人来到了美国。

等到了这个陌生的国度，他把所有关押同胞的笼子都打开了。这种锁唬一般人还行，对于他这样的行家里手太可笑了。当然，同情心倒不是最主要的，虽是同胞，可就在刚刚大家还为了一个馒头而大打出手，完全看不出友好友爱。贼唯一的信条，在这世道中，活着最重要。放出这些人，才能制造混乱，也只有混乱，才能在这十几个持枪的大汉围困下逃出生天。

义父喝醉了就会和他说起这些事情，心情好时教给他一些中国话和汉语知识，洛夫猜测，义父在做贼之前应该是受过良好教育的，义父是不是也曾是大户人家的后代，家族变故才沦落至此？义父不说，洛夫也没敢主动去问。除此之外，这个男人枯燥单调的人生只有偷窃，他没有交给洛夫任何的偷窃技能，但是却把躲闪、行动的一些技巧传授给了他。自己在家里缺东西时，就去很远的地方“拿”一些财物。

洛夫十三岁时，义父死了，是偷东西被枪打死的。洛夫没有一点儿报仇的想法。义父每一次离开，都会告诉他，如果偷窃失败，让自己入土为安就行。有因必有果，任何时候的死亡，自己都不冤枉。

一周后，见再没有人对尸首感兴趣，洛夫将义父放下来，埋在老板娘身边。虽然两人的夫妻身份严格来讲不过是互相照顾、互相保护而已，但对于世间的大部分夫妻来说，能做到这点就很不容易了。

第25章

小满——异国征途，明枪暗箭（下）

洛夫焚烧义父留下的遗物时，发现了一本义父记下的日记，才知道义父是一个大户人家的小跟班，义父的文化知识就是那几年伴读的时候学到的。那是当地颇有名气的富户，粮仓囤积的粮食甚至比周边府库还多，终于怀璧其罪，附近好几股土匪为了利益短暂联合，聚了一千多人的队伍，攻打这个家族所在的县城。那时候的官兵欺负欺负老百姓还成，正儿八经作战，简直是一触即溃。靠着这家人武器人力方面的支持，县城勉强支撑了一天时间就失守了。借着这一天时间，这户人家把重要财产和人口都从城南小道转移得一干二净，留下一座半空的府库和一大帮没来得及转走的普通老百姓。几个大土匪头子当时就怒了，这点东西，怎么够分的！土匪生气了，商量着大开杀戒，借此立威。县城里一个聪明人站出来了，说是几位当家不要担心，这家人的小少爷还没有走成，可以把他绑了，作为肉票，但几位要答应我一个条件，就是我把小少爷指认出来，你们必须答应不杀其他人！这个聪明人就是小少爷的教书先生，当然也间接是我义父的教书先生，他煞有介事地补充介绍，这家人逃得惶恐，逃得匆忙，阴差阳错，小少爷混乱中被落下了！

几个土匪商量了一会儿，大家本就是求财，有这好事，何乐而不为呢！

“人在哪儿呢？”

教书先生的手指向了义父，就是他！

教书先生走上前来，用最为慈眉善目略带一点儿严肃方正的态度以及和往常一样的举止口吻，提问了几个书中的大段背诵，这都是义父这些日子的课文。义父也像往常一样，战战兢兢、惶惶恐恐地全部背出，虚渺的目光看着天空中仿佛悬着随时就要落下的一把不存在的戒尺。

一如既往的流利；一如既往的抑扬顿挫；一如既往的分毫不差！

围观的人们麻木而又整齐地响起热烈的掌声，就好像送葬时的抬枪一般。

“看到了吧！别看他现在粗布衣衫，那是刚才故意换的。你看，仓促找的衣物，这料子也不是庄户人家能拿得出来的；别看他现在唯唯诺诺，那是被你们吓的；你们仔细看这皮肤，细嫩细嫩的，没一点儿伤痕；看这谈吐气度，绝对的大户人家出身！你们可千万不要被蒙蔽了，你们要的钱，他爹给得起！”

“是啊，是啊，小少爷，你就去吧，让你爹破财消灾！就当是出去见见世面，晚几天也就回来了！”

“我们辛辛苦苦给你家干活，你可不能不管我们啊！”

“小少爷，我给你磕头了！你要可怜可怜我们啊！”

一伙人跪倒一地，磕头如捣蒜！这一个个头，是祈求生存的活人对一个被直接宣判死刑的死人磕头！是一群可怜人对一个可怜人磕下的头！义父明白，自己不能辩白，没有权利，没有能力，更没有任何可能去辩白。

这群蠢货！义父只能在心里偷偷地嘲讽。真正的少爷皮肤可粗糙了，整日里逃学玩耍，风里来雨里去，身上全是被树枝、荆棘划伤的痕迹。至于背书，呸！十个小少爷也没我一个强！每回大老爷来抽查，都是我把自己写好的卷子偷偷换给他。可这些，没人信。这帮土匪不信，那些想活的人更不能信，不敢信！

义父被绑走了，绑匪答应了教书先生的请求，将能带走的财物劫掠一空，但信守承诺没有杀人，只带走了几个还算有几分姿色的女人。他们口述了一封信函，索要了大量的粮食钱财，让教书先生代笔记下，梦想都能如愿以偿，随后满意而归。教书先生在以后被奉为这个县城的大救星，他的临危不乱、他的机智果敢、他的大义凛然、他牺牲了自己的半个学生的大义、他无可挑剔的风度和洒脱，让他从一个不算成功的读书人做到副县长的位置。

但是，这个年轻的副县长活得并不长。这是义父在许多年后才知道的，教书先生一直对义父心怀愧疚。这是一个还拥有相当良心的读书人，每天晚上都会不自觉地梦到义父而后突然惊醒。在他的倡议下，县里还为义父修了一座衣冠冢。当然，义父从没有恨过他，只是恼怒先生为什么一句话不和自己商量，就剥夺了自己哪怕片刻的选择成为英雄的快感，而一个人独享了成为英雄的大义！虽然，这个选择其实是一次没有选择的选择。

义父在路上一句话不说，只是倔强地望向县里的方向，没有眼泪、没有怨恨、也没有辩白，如果说一定有什么情绪，那就是荒诞！劫匪回到山上，不到半天就知道，费尽心思竟然是带了个冒牌货。想要杀个回马枪，可周边的正规军已经被紧急调回。土匪本来就因为分赃不均而争吵着呢，他们把最后的怨恨全放在这个无辜的小孩身上，问他为什么不反驳自己的身份，义父仍旧没有回话。

拉出去砍了！

剁成肉酱给兄弟们下酒！

直接捣鼓成太监，我们也过一把做皇帝的瘾！

那天晚上，一个传奇的神偷游历至此。因为缺钱，来这个大寨子“取点儿零花钱”。临走的时候，可怜这个孩子的倔强、伶俐，顺手就给带走了。

洛夫将这唯一一份义父的文字烧了，在义父的坟前，一句话都没有讲。他知道，义父内心还是有些不平的，否则就不会费心把这些记录下来。火焰纷飞的那一刻，他突然更加具体而又深刻地明白了义父的荒诞、孤独以及沉默。

洛夫下面的人生就很简单了，简单到不到半个小时就无话可谈了。帮工、打架、运货、买卖，还有生活所迫时稍稍有些不成熟的偷技，虽然义父对于最高深的偷窃技巧没有倾囊相授，可一个贼所教授的所有技能其实都是可以用来偷的。但洛夫很小心，毕竟义父的尸首对他而言是一个最好的警醒。生活对他而言，虽然孤独，但的确是在很认真地活着。

“那个日本人和你们是一路的？”

“日本人？在哪儿？”

“就是后面骑着马的那个。下了船，他就在后面不紧不慢地跟着。”

“什么，坂本三松。看看能不能甩掉他，在船上就感觉这家伙不阴不阳的。”

“我尽力，我们车子大，还装着货物，这崎岖小道不敢开太快。”

坂本三松内心非常郁闷，这次行动是得到海军直接授权，前来商谈订购军舰事宜，本身费用问题是完全不用操心的。可国内负责汇款的上级，竟然告诉自己因为近日赌博不凑手，输掉了手里全部的经费，让他先支撑一段时间。自己一腔怒火，还不敢对这个海军大臣的侄子发泄一丝一毫。该死。怎么会有这样的事情，军部还不允许我去见参加博览会的那帮人，说是无论如何也不能向外相的那一派妥协。国家迟早会毁在这帮拉帮结派的人手里，看样子在那个败家子要来钱之前，自己只能想想其他办法了。

活该这个孙劲风炫富，还是个中国人，凭这两点，自己杀他就没有任何的心理负担，况且麻烦也小得多，美国的警察处理本国的案件都效率很低，更别说是一个中国人了。

他和自己的助理一路跟着，打算在前面交接处干掉这几个中国人。作为职业军人的他，还是有足够的信心干净利落地把这事情处理掉的。

“三松君，根据地图来看，前面那个路口他们需要减速，是我们动手的最佳时机。”

“贴上去，我来瞄准司机，你注意那些家丁。”

“明白！”

洛夫看了一眼正催马扬鞭的两人，嗤笑一声，将手枪从座位旁边取出："前天一个美国海军军官赌博输给我的，没想到今天就派上用场了！"

坂本三松快速地把马向他们贴近，却发现大货车猛地一个转向，随后大车喇叭震耳欲聋，还没明白怎么回事，就被受惊的马儿甩到地上。正七荤八素的时候，货车稳稳停下，一个美国人拿着手枪走到面前，不容他申辩，两声枪响，干脆而又精准。

孙劲风下车看了一眼，自然明白，洛夫救了自己一命："需要帮忙清理吗？"

洛夫从两人身上摸出所有的物件，若无其事地把稍微值钱的揣入口袋，然后将两份证件丢给孙劲风："日本字你认识吗？"

"懂一点儿。咦？日本海军军部的人，他们来美国干什么！"

"军部？这个时候过来，肯定是不怀好意。不过没关系，也省我们不少事了。直接走吧，那帮政府人员出于外交考虑，会主动帮我们料理好这一切的！"

"今天的事情，给我烂在肚子里，明白吗！"孙劲风冲着车子后面蜷缩着的几个人喊道。

几人忙不迭地点头答应。洛夫咧嘴一笑："再过几个小时，就有地方落脚了，一会儿喝一杯压压惊，这次我请客！。"

"不，洛夫先生，还是我来请。甲午时候，这帮人可嚣张了，如今只能算是自作自受！"

"哈哈哈，好吧，恭敬不如从命了！"

孙劲风不知道，自己无意间导致的插曲，致使日本的一艘军舰购买计划联络失败，那些通过秘密账户汇过来的资金被若干中间人中饱私囊。因为坂本三松的意外死亡，以及他那个只会吃喝嫖赌的无能上司的缘故，日本方面根本就无从查起。海上从此少了一艘挂着日本军旗的高性能军舰，虽然这对于战局而言并不能起到太大作用，可按照日后中日作战的伤亡比例，他等于间接拯救了数千人的性命！

“洛夫先生，还有多久到？”

“不到一天吧。路程倒是不远了，可是现在已经进入城区繁华地带了，路实在是不好走。”

孙劲风深有同感地点了点头。这地方的路倒是非常宽，但是汽车、轿车还有马车、骡车都沿着这一条道走，大部分路段拥挤不堪，走走停停。孙劲风深刻地感受着工业时代的魅力。在他心里，汽车的尾气、灰尘满布的道路甚至比农田中泥土的馨香更让他痴迷，他明白自己的国家缺少的正是这些。从鸦片战争开始，那些列强就一直利用这些蒸汽时代的产品欺凌着自己的祖国。他想着，要是有一天家乡的路上也能跑着这么多的车辆，或许就是国家复兴的时候了。

“洛夫先生，和你商量点事情，我们刚来这里，人生地不熟，能不能多雇佣你一段时间？”

“嗯？可是路上你和我说过，你们可能已经没有多余的钱了！”

“我们可先欠着嘛！难道这一番患难你还信不过我？或者晚些时候给你汇过来！”

“哈哈哈，不用了，和你开玩笑的，我只要你答应我一件事情！”

“没问题，没问题，只要我能帮上忙！”

“一张回国的船票。”

“回国？”

“是的，这一路上听你讲了很多关于东方的故事，美食、美酒、机会、冒险，我是个没有家乡的人。从内心深处，义父的家乡其实就是我的家乡，我想回去好好看看。再者说了，我这副美国人的面孔，也能在你们那儿沾一点儿光吧！”

“合作愉快！”

孙劲风舒了一口气。一路风尘，快到地点了，内心反而更加忐忑。现在有了这半个同胞的帮助，总算有个底了，但未知的前程中到底埋伏了什么明枪暗箭，这个年轻人只能摸着石头前行。

第26章

霜降——急中生智，丰年即来（上）

“才两万平方英尺！不不不！这太少了，完全不能满足我们的需求！”

“我们已经做出很大的让步了，毕竟场馆的建设费用暂时全都由委员会垫付，照目前各国的分摊情况看，经费还是相当紧张的！”

谈判桌前，咖啡清茶分列两边，谈判双方的态度也是泾渭分明。两个研习生模样的翻译尽力地斟酌着语句，力图让谈判双方都能找到一个满意的平衡点，生怕由于自己的疏忽造成不可挽回的遗憾。但长达两个多小时的谈判，对体力和精神都是一种考验，两名翻译的脸上已经依稀可见细密的汗珠。

这时候，一个英国侍者走了进来，来到谈判桌侧位一个年轻人身边，留下一张纸条，并耳语几句。年轻人点了点头，随后从容不迫拆开纸条，脸色依旧如常，但内心的波澜怕只有他自己清楚。思索了片刻，迅速地在文件纸上记下了什么，若有所思。

“唐特使，这已经算是对贵方极大的照顾了。要知道，就算是欧洲的一些老牌国家，也没能享受到那么大的场馆。”

作为中方大使的唐通刚想分辩，看到自己身旁的副使曾诚对他使了个眼色，犹豫了片刻打住了。这个年轻的小伙子深得大总统的喜爱，虽然在政界的地位资历，和目前的自己还不能相提并论，就连现在这个副使的职务都带有相当的照顾意味，可谁知道不久的将来，他会不会鲤鱼跃龙门呢？

曾诚清了清嗓子，目光不着痕迹地扫了扫自己刚刚在文件纸上的记录：“尊敬的委员先生们，这件事如果用这样的评判方法来裁决，实在是有失偏颇。为了这次国际盛会，我们虽然接到通知比较晚，但是大总统迅速向各省发令征集，三亿多的人在第一时间积极响应——”

“三亿多！”一位对中国了解不多的年老委员重复了一遍，这令人惊叹的人口数显然引起了他极大的兴趣。

“没错，三亿多！况且我们这次带来的展品，总计有近十万件，品种和门类也极为丰富，这充分体现了我们的国家和大总统阁下对于博览会的高度重视。试想一下，要是我们辛苦带来的东西，因为场馆太小而得不到充分展示，这要是传出去，可是非常影响大会的声誉的。”

“好流利的英文，听起来，还是伦敦口音！”对面谈判席首位的中年人端起面前的咖啡，喝了一小口。

“过奖了，尊敬的怀特议员，论起来，我还算是您的学弟呢。”

“是吗！怎么，你也是伦敦大学学院毕业的？太棒了！稍晚些时候，我们可以好好聊聊，我已经有十多年没有回去了！”

“乐意之至。只是学长，虽然我们彼此都离开母校一段时间，但我记得我们学院的办学宗旨有那么一条，就是摒弃种族宗教的歧视，给更多的人提供并创造机会。可现在这种情况，似乎有些违背我们母校的建校精神啊。”

“哈哈哈，学弟的辩论水平相当出色啊！但是我们应该并不存在什么不公平的对待吧，贵国代表团以及一些零散到达的商人代表，不论是住宿、参观还是其他的会议，都得到了周到的安排。”

“是的，我承认，在这些方面，我们非常感激贵方的照顾，但是有一点我想向尊贵的爵士先生核实一下：就在刚刚，我们得到消息，我们的邻国日本通过了你们的申请，得到了足足五万平方英尺的展览区域！当然，在经费方面，日本付出的更多，可是我们减免的部分也是得到委员会主席哈恩先生得书面同意的。也就是说，我们理应享受组委会给予其他各国同等的待遇才对，可现在出现的情况，难道说就是贵方一直强调的公平吗？”

“什么？”一众委员面色各异，惊疑、尴尬、震惊，显然这个消息并不是所有人都清楚。

“最迟今天晚上，本地的三家报纸都将会报道这件事情，标题都已经拟好了——大赛组委会将专题讨论日本场馆参展面积问题，日本有望拥有本届博览会最大场馆，创造东方神迹。”

“弗兰克，我想知道这到底怎么回事？这个议题是由你在上午提出的，在座的各位在这途中都没有擅自离开，为什么会传出去？”

“爵士，抱歉，打断一下，您可千万不要冤枉弗兰克秘书长，这件事情并不是在座的任何一个人泄露的，舆论的始作俑者恰恰就是日本方面。他们想提前把这个消息放出去，借此向你们进行舆论施压。他们认为，这样就可以顺利地拥有他们要求的场馆面积了！”

“年轻人，你是个出色的外交家！我为在母校有你这样的学弟为荣！说句老实话，日本方面的要求大部分委员是赞成的，因为大家确实找不出恰当的反对理由。但是，日本方面如果认为这样做，可以为他们造势的话，那就大错特错了！”

“可是怀特爵士，日本方面提供的陈述理由合情合理，我们如果直接拒绝，会对博览会的声誉产生影响。”

“谁说我要拒绝他们了，只是，我要纠正一条出自于他们之手的不实新闻而已。”

“不实新闻？”

“是的。我们的预备场馆整体有多大？”

“五万平方英尺多一点儿。”

“亲爱的议员们，我们今天坐在这里的人已经远远超过委员会半数了。我提议，申请理由充分的确需要相应的展览面积，就将我们的备用场馆全部交给中华民国来布展，赞同的直接举手表决。”话说完，第一个举起了手臂。

弗兰克思考了片刻，恼怒日本人拜托自己之后的擅做决定，差点陷自己于不义，也打算投票赞成，可大概清点场内举手人员数目，发现还差两三票，不由得有些迟疑。局面一下子僵住了。甚至原本有些举起的手，这时候重新又放下了。

“我也赞成。”

“哈恩爵士！您什么时候过来的？”众人纷纷上前招呼。

“来了有一会儿了，下午去向总统报告博览会进程，结束就立马赶过来了。没想到，还能赶上这样一个重要的时刻。”

曾诚迎了上来，行了一个标准的学院礼。众人一下子想起，哈恩爵士不仅毕业于伦敦大学学院，同时也是该学院的荣誉教授，那么这个中国青年人和他的渊源就更深了！

哈恩微笑着走上前来，紧紧握住曾诚的手，亲切地打着招呼。曾诚想起什么，赶忙把中方的正使唐通介绍了一番。哈恩微笑不减，还颇为照顾地用不流利的中文打招呼。唐通在心中对这两人都高看了一成。

怀特轻咳一声：“既然哈恩主席也过来了，那么下面我们进行最后一次正式投票，赞成的请举手！”

几乎全部的人都举起了手，剩下的犹豫了片刻，也将手缓缓举起。

“全票通过，祝贺你们！请好好准备吧！”弗兰克按照程序，履行完秘书长的职责，向唐通正式宣布。

“好，那今天就到这儿吧！格林，我想你明白，今晚我们支持的几家报纸需要做出什么样的报道！”

“放心吧，爵士，最迟一个小时，他们的稿件就可以交付排版了！”

“洛夫，你确定我们接下来的时间就住这儿？这也太破旧了吧，我家里放粮食的库房都要比这强啊！”

“成！孙先生想要找到好的，没问题，给钱啊！”

“这能要多少钱，大不了我们在其他地方节省些，我再去典卖点儿东西，睡觉的地方不舒服，第二天哪有精力做事啊！”

“那我就给你介绍介绍周边的物价。这仅仅是比赛场馆的外围。从这儿往前走，前面右拐就有一个应该能让你满意的旅馆，房价两美元，餐费另算。而设施条件再好些，并且外出还有专车接送的，房价在八美元。再好一点儿的房间，二十美元的也有！”

“老兄，你怎么对这个这么清楚？”

“这些地方我都曾偷过。”

一句话说得孙劲风哑口无言。他知道，目前的情况，他别无选择，只能在心里默念着那个传诵了数代的民谚“吃得苦中苦，方为人上人”。

“孙先生，这地方算不错的了，价格公道，并且还提供饭食，往前走是一条直路，我们卡车过去也很方便。你知道，大赛组委会几乎包下了周边所有的旅馆，临近的地区好一点儿的也被前来参观的达官贵人预定了。剩下的，要不价格昂贵，要不条件更差。综合来看，这一家已经算不错了！”

“可就这地方，一天一个房间也要半美元？”

“没错，停车费用另算。明天把展览品送到组委会，车了可不能停在这儿了。以前都是不收钱的，可因为大赛的缘故，还要加收半美元一天的占道费！”

“这简直就是赚的黑心钱啊！”

“黑心钱？我看绝对是良心价了。你是不知道，上一届的世界博览会。无论是国家数量、品种规模都不能和这一次相提并论，但就算如此，也有数百万人被吸引过来。这一届根据几家权威报纸的初步预算，至少会有千万人次参加。想想看，数千万人口涌进一座城市，这是多么壮观的场面。他们的到来，吃喝住行全都是水涨船高啊！很多原本不是旅馆的民宅民居，都被收拾出来做生意了。全城的食品价格，差不多上涨了三倍！”

孙劲风哑口无言，对即将进行的博览会又多了几分期待。但看着面前破破烂烂的几栋楼房，他甚至能从斑驳破旧的砖墙中发现老鼠窜行的痕迹，门口熏得发黑的大铁锅不知道在煮些什么，哪怕此刻已经饥肠辘辘，还是没法引起他丝毫的食欲。经过这一路的风雨兼程，艰苦磨难、风险危机倒是不怕，可连基本清洁都达不到的居住环境，让他的眉头忍不住皱了起来。

孙劲风心中一动，暗道自己愚蠢，上前用胳膊捅了捅洛夫：“洛夫，你去帮我讲讲，如果伙食自理，看看能不能便宜点？”

“伙食自理！这附近可不好找实惠的餐馆啊！”

“没事，我已经想到办法了，拜托你了！”

洛夫只好上前，极不情愿地低声下气地和身材臃肿还脾气暴躁的老板娘讨价还价。

“四个房间加上一个废弃的大库房，算三个房间价格一块五美元。”洛夫无奈地摇了摇头回来了。

“行吧，能省一些是一些了！”

“什么？少爷，你真打算和我们一起上街去卖酱菜？”

“没错，这是商机啊！商机这东西，你们懂不懂？现在这地方什么都涨价了，对于普通人来讲，什么都可以勤俭节约，唯独衣食方面没有办法节省，再者说要是我们能顺利卖掉一些多余的酱菜，不仅可以筹集一部分资金缓解我们目前的困境，并且也在为玉堂打广告。大赛须知上不是写了吗，食品类参展，大众评委的意见也是非常重要的一个环节！”

“是的，我支持少爷的决定。这时候，我们可没资格拿捏什么身份规矩了。昨天委托洛夫先生从当地华人那儿买些新鲜果蔬，价格足足是国内十多倍，那些酱油、酸醋，味道和国内用的完全不能比，也是贵得吓人，要是这当口钱不够，我们几样拿手的绝技就会因为缺少原材料而展示不了。回去的船票、伙食不到万不得已绝不能动，现在又多了洛夫先生的开支，更是捉襟见肘，再不想点办法，就真的火烧眉毛了！”

“可我们人生地不熟，当地人能放心买我们卖的东西吗？”

“谁说我们去卖了。”

“你们都盯着我干啥！”洛夫背着包进门，刚刚还在为自己多要了一张船票而心生愧疚，所以一直在房间的角落坐着没说话，心里还盘算大不了去干几票时，却发现一众人全都嘿嘿笑着看向自己。

第27章

霜降——急中生智，丰年即来（下）

“大兄弟！我发誓，你这绝对是一个奇馊无比的主意。我可从来都没有试过站在摊位前，被别人指指点点的滋味！”

洛夫头上戴着孙劲风不知道从哪儿买来的厨师帽，身上却套着孙劲风带来的一身西装，十分滑稽地站在几个大桶的后面，卖相精奇，很快就有一大堆爱瞧热闹的家庭妇女密密匝匝地围成了一圈。

“你还真别说，你往这儿一站，还真有那么一点儿意思！”

洛夫这时候终于知道，那些西装革履的所谓绅士，为什么全都那么文质彬彬了，这一身行头套在身上，手脚都伸张不开，要是多加点力气，纽扣都快要飞出去了。

天哪！这简直像是戴上了一副镣铐！

“卖掉的部分，其中的三分之一归你了！”孙劲风看着垂头丧气的洛夫，一咬牙开出了条件。

一根烟的工夫，孙劲风在一旁默默注视着洛夫狠劲地吞云吐雾。结束的时候，他将烟头往地下一甩，一声炸雷似的吆喝砰然响起：“来自古老东方的神奇酱菜，一小节酱瓜就能对付一大块黑面包，好吃不贵啊！”

一行人里唯一听得懂英文的孙劲风一下子没绷住，哄然大笑！心里暗道，果然有钱能使鬼推磨。这句箴言放在外国人身上，也是颠扑不破的！

洛夫这时候都豁出去了，孙劲风也想着在这地方，这辈子可能都不会来两次了，所以更无所顾忌。于是，在洛夫喊累了的空当，孙劲风也用略显蹩脚的英文大声吆喝起来。不多会儿，这儿聚的人越来越多，连街头的巡警也过来询问过一次，在洛夫递烟赔笑下，也笑眯眯地站在一旁，看着这一堆人是怎么把那个大坛子里面的东西卖掉的。

孙劲风这时候也有点着急了。这人气倒是越来越旺，这群闲来无事的异邦友人也能耐心地听他说到这酱菜的名堂门道，可就是没人第一个来买，这可太让人着急了！

马伯头天晚上把买来的花生米、果蔬还有调料全都腌制拾掇好，忙到大半夜，今早走的时候谁都没忍心叫醒他。这时候，何大回去取东西，他也就跟着过来了。

“少爷，这美国人虽然和我们生得不一样，可也一样是要吃喝拉撒的啊！我这一路走来，路边卖东西的都爱答不理，人凑过来才懒洋洋地答应一声。我们国内那一套街头表演的把戏和套路，我们虽然都看烂了，可在这地方，说不准还是行得通的！”

“啥把戏？”孙劲风以前虽然好玩，可那些卖大力丸、推销糖球的，他虽然常见可是拉不下脸干啊！

他不会有人会！何大一听这话，知道自己出头露脸的机会到了，转头冲洛夫一笑："洛夫先生，帮我翻译一下，拜托你了！"

洛夫冲他一耸肩，表示同意。

何大往后头卡车跑去，不一会儿就带着几个大盘子走了出来，把盘子往桌上一字排开，将酱菜坛子当着众人的面把密封口打开，用勺子把酱菜酱瓜一个个倒在上面的大盘子里，然后用勺子捻出一大块酱瓜，自顾自地在那大口嚼着，边吃还边从衣兜里掏出早上吃了一半的面包片，包裹着大嚼。围观的人议论声音更大了，还一个个指着何大说些什么。

何大开口了："洛夫先生，你快告诉大家，酱瓜免费品尝，感兴趣的都可以吃上一小段！"

洛夫回过神来，自己先来上一段颜色最正，香味最浓的塞在嘴里，过完瘾了，才开口吆喝："免费品尝，大家都来试试这来自东方的美味！"

一时间，摊位门口排起老长老长的队伍，不少人迟迟疑疑地拿起塞入口中，随之神情各异，但大部分都被这酸甜爽口、咸香适中的口味所征服。不少人品尝后，都表示想要买一些带回去。

洛夫一看这场景，眼珠子一转，把原本商量好的价格足足定高了一倍。孙劲风刚想喝止，可一见对面黄头发大妈喜笑颜开地连连点头，立马打紧了舌头，把话咽了下去。

这时候，几个小青年注意到了这里，观察半天，从四面向这个方向靠拢。

"兄弟，我们可能有麻烦了！"

“我知道，那都是些什么人？”

“一些本地的混混儿，平时就靠敲诈勒索混口吃的，他们知道在城市里有警察，大家都不方便动手，他们要泼要些所谓保护费，不少商户都宁愿息事宁人也不想把事情惹大！”

“混混儿！哈哈哈！”何大在一旁噗嗤笑了。

孙劲风无奈地晃了晃脑袋，冲何大叮嘱：“略微收敛点，把他们吓跑就行了！”

“得嘞，少爷，您瞧好吧！”

何大几步上前，冲着过来的几个一身奇装异服的小伙子摆了摆头，示意他们不能上前扰乱生意。几人哪吃这套啊，握紧拳头就想干架。

何大突然从裤腰带上拔出一把匕首，对面来人怒了，也纷纷拔出刀具应对。可谁知道何大把匕首往自己身上狠命一插，鲜血直往外冒，几个人哪见过这上来就不要命的架势啊，他们无非也就想讹诈点钱财，要是事情闹大了，进了班房他们也是没人管的主，一见这场景，纷纷作鸟兽散。这时候，有人已经通知了街面的警察，何大不慌不忙地找到清水收拾了一番，没事人一样继续卖酱菜。警察来了，按照报案人描述仔细询问，可是查遍何大全身也没有任何伤口。洛夫难以置信地自己亲自去看了一圈，发现何大身上旧伤不少，却没有任何新伤口，更感到惊奇了。警察训斥了他认为报假警的两人，在何大递上一份酱菜后，才不情愿地离去。此时的何大，靠着天津街面混混儿的一套路数，在洛夫和围观群众的惊叹和羡慕中，镇静自若地卖他的酱菜，心里暗笑道，这帮外国人也挺好糊弄的嘛！

孙劲风算了算日期，突然想起来自己还没去中方管理处正式报到，于是打算现在去一趟。虽然这也就是形式上的，因为大部分展品都是北京直接运过来的，像他这样漂洋过海的还真是少数，可是基本的礼仪和规矩还是必须照顾到的。于是他就和洛夫打了一声招呼，洛夫这时候一脸兴奋地在收钱，用中文得意地告诉孙劲风，自己发现做这个，简直比抢钱还容易。以后到了中国，有这样的机会希望孙劲风还要多多关照。孙劲风一脸无奈地看着面前这个财迷一样的彪形大汉，实在无法把这人和那个果断干掉坂本三松的洛夫联系起来。看着面前的热闹场面，孙劲风叮嘱一声，谁也没带，自己一个人就走了。

走了两步又折回来，中国人上门还真没有空着手的，自己在这地方带啥也不合适，不如捡现成的，带些酱菜，既合了礼数，异国他乡给那些官员老爷做个下饭菜也很实用。于是，吩咐了何大一声。不多会儿，一个包装得体的四色礼盒就收拾出来了。孙劲风想了想，按照国内习惯，派过来的应该是正副两位官员，于是又补拿了一盒。

客厅里，唐通和曾诚仔细地检查单子上罗列的各类物品，忧心忡忡。

“曾大人，从品种门类上来看，我们带来的东西确实能够体现我中华之地大物博，不过不可否认的是，这些大部分都是一些简单的手工业品，面对列强的那些大工业产品不占任何优势；而食品方面也是以酒类为主，其中白酒占到了极大的比例，可是根据我们这段日子的了解，外国人目前还是不太习惯我们的白酒度数啊！”

“唐大人所言极是。大总统对于本次展会寄予厚望，甚至不惜从军费中节省出款项加以支持，就连押运物品的船只也是原本用来购买军火的商船，要是我们不能达到他的预期，怕是没脸回去见他了！”

“曾大人，你这单独列出的一张单子上，不是还有好些物品吗？这些东西，难道不是随我们的船一起到的？”

“这是一些其他省份报送的参展物品，有的是通报不及时，没能准时送达；有的是因为筹措时间较长，错过上船时间；还有就是虽然被地方列上名单，可是字号已经岌岌可危，甚至连基本的物品准备和路费都不能支付了！”

“怎么会这样！大总统不是已经电令地方必须设法筹措，不得延误了嘛！”

“唐大人大部分时间在中央做事，地方的蝇营狗苟可能接触不多。中央直接拨给地方的款项，一层一级都要从中克扣剥削，更别说这空空的一纸命令了，怕是从中央发出去的时候，就已经算是一张废纸了！”

“还有两天，我们的展厅就要公开展览了。错过时间，就没有机会评奖了！”

“唉！”

房门声响起，唐通一时还不适应这样的通传方式，还是曾诚反应过来，说了声“请进。”

“两位大人，门房通报，说是一个中国小伙子前来拜见！”

侍从恭敬地将拜帖递给位于主位的唐通，将手中拎着的两包礼品放在面前茶几上。

唐通翻开拜帖看了看，极为沉稳地将拜帖传给一旁有些疑惑的曾诚。

“好！不愧是百年老字号，竟然漂洋过海一路走过来了！这其中的艰险，可以想见，令人钦佩啊！唐大人，您看？”

“请他进来吧！先不管他们家这产品如何，光是这精神，就值得大加褒扬！”

孙劲风接到通知让他进去，还显得有些迷糊，原本想法是送了礼物，表示自己来过了，这一趟就算大功告成了。没想到两位特使竟然主动要求见他，于是赶忙在门口整理衣衫，平整衣帽。

侍从出来的时候，门没有关好，稍一用力就推开了。让他大跌眼镜的是，两人已经拆开自己带去的包裹，用随身带着的筷子夹起，正准备品尝，孙劲风杵在门口进去也不是，退出来也不是。

“小伙子，进来吧！我和唐大人本来想看看你带来的是什么，没想到是酱菜，就准备试试味道！”

唐通这才把夹起的酱菜送入口中，心中暗道：曾诚机灵，这段日子四处应酬接待，红酒牛排海鱼大虾，自己实在吃不惯，口中早就寡淡得厉害，拆开看到竟然是酱菜，忍不住就下筷子了，没想到这来访者进来这么快！

孙劲风脑瓜子一转，赶忙顺着话头介绍起自家的酱菜，从制作到储藏，从用料的讲究到腌制的精细，一边说，一边将对应的酱菜指给两位大人。两人筷子不停，赞不绝口，最初的尴尬、不适悄然化解。

敲门声又响起，唐通和曾诚放下筷子正襟危坐，孙劲风赶忙上前简单收拾，停了一会儿，才说了“请进。”

“大人，门外又来了个中国人，说是为了博览会的事情。”

“等了一个多月没有消息，没承想都赶着最后的日期了。好！好啊！”

翻开拜帖，山东田记红酒。唐通和曾诚对视一眼，纷纷站起，示意侍从先去迎候，孙劲风有些不知所措，也赶忙陪着站在一旁。

“小兄弟，不要紧张，正好你赶上了，为你引荐一位总统面前的大红人！”

说话间，走廊里一阵爽朗的笑声响起：“唐特使、曾特使，上次见面还是在总统官邸，话也没说几句，一直约好了再叙，算起来有大半年了！”

两人连忙笑着将来人迎了进来，分宾主坐好，嘱咐侍从换上新茶。来人看了一眼孙劲风，没多说什么。

“苏老板现下是风头正劲啊！你那红酒还真是硬通货，起初英国人就是不肯用白银直接购买军火，可政府也不方便携带那么多黄金出国，最后两边一商量，倒是同意我们用你家的红酒来作为置换。这一来一回，既省去你苏老板运输风险，也解决了政府的麻烦，大总统还直夸你是红顶商人呢！”

“岂敢，岂敢！是我要多谢大总统照顾啊！我也是赶巧。这家酒厂老板是德国人，家族出了变故紧急回国，把酒厂上下设备工人存货打包出售。我和他一直交情不错，便宜别人不如便宜我。他那片酒庄土壤、气候很养葡萄，我又重金挖了几个有能耐的品酒师，市场一下子就打开了！”

“苏老板谦虚了，您的其他生意做得也非常出色，在山东谁见了不夸赞。来，给你介绍个老乡。或许你也听说过，玉堂酱园的少东家——孙劲风！”

“孙劲风！哈哈哈，认识认识！”

“认识？”

“小子，我叫苏鸣，苏娅就是我的侄女！”

“苏娅！她的叔叔！”孙劲风脑子一下子就炸开了，一路上反复压抑的情感，千头万绪地想念蜂拥而出，让他有些透不过气来。

唐通和曾诚见了，用一副过来人的表情相视一笑：“苏老板说是为了世博会而来，莫非是想要参加？”

“是的！”谈到正事，苏鸣立马严肃了许多：“不瞒二位，我自信我们家国内酒厂出产红酒的品质、口味已经完全不输给任何一家国外的酒厂了，可就是因为中国出产，在价格上一直受到压制，利润也得不到保证。那些外国人推说中国的红酒就是低人一等，相同的等级判断，非要按照低一等的价格收售。这口气我实在是咽不下，要是能在这国际赛事上得到奖项，也让那帮外国人看看，我们的红酒到底如何！”

“没问题，到时候我们会把苏老板的红酒重点展出，作为第一批参评的项目！”

几人趁着兴头，在楼下饭店叫了一桌不太正宗的中餐，用着苏老板带来的红酒，不中不西地边喝边聊。席间，谈到这次博览会的参与盛况，中国展品的丰富博大以及中国未来的命运，都充满了无尽的希望。说起孙劲风才到这儿，就雇佣一个美国人做起了生意，大家哄笑之余纷纷赞叹不已。

苏鸣对面前这个小伙子谨慎、儒雅而又不失幽默的谈吐非常满意。分别时，苏鸣抄下自己的地址递给了孙劲风："算时间，苏娅这两天也快到了！"

第28章

白露——怀德异邦，载誉归来

“尊敬的各位来宾……此刻，我们每一位都有理由记住并且永远怀念今天这个伟大的日子，为了这个人类有史以来最伟大的盛会，为了你曾亲临现场，用眼睛收获着这些伟大的奇迹！……下面我宣布本届世博会正式开始！”随着哈恩爵士慷慨而又富有激情的演说结束，世博会正式拉开了帷幕。

“洛夫，我算是明白你说的人多是什么概念了。尽管在人口数上，我所在的国家还真没怕过谁，可这么多人集中在一个人造的场馆里，在中国除了过去皇帝居住的宫殿外，其他地方还真没办法办到！”孙劲风站在中国馆偏西的一个小角落里，自己带来的那几个人，昨天就在酒桌上被曾特使征用了，现在身边就剩洛夫陪着自己了。昨天摆放东西的时候，自己还奇怪，为什么场馆布置的时候，要留下这么宽的走道，可今天一看啊！哪还有什么走道啊，铺天盖地的，全是人。在品尝区放的一坛子酱瓜，就那么一会儿工夫，就被人分得精光。

中国馆的评比时间选定在了开馆第十天。因为在参展类别上和日本方面有很多类似的项目，并且在数量上，也是两个展品数量最多的国家，经过评委会商定，两家一并进行评比，时间为整整三十天。

第一天闭馆时间一到，孙劲风连吃饭的劲儿都没了，回到宾馆简单抹了一把脸，倒头就睡。倒是洛夫神气活现地和展会认识的几对青年男女找地方喝酒去了。快到大半夜的时候，孙劲风已经一觉醒来，这家伙才酒气熏天地回来。

第二天，孙劲风总算适应了这人潮涌动，但是忙乱的时候仍旧有些手足无措。平日里在家就是养尊处优，上学时候也有人照顾，这时候没有任何人帮衬，一下子应付这么一大群人，确实难为他了。

“味道很好！很适合作为配菜。这样的，给我来五千磅！”

这不是这几天遇到的第一个人，已经有好几个大工厂主对玉堂的酱菜非常感兴趣，表示了明确的购买意向。可仅仅依靠马伯加上带来的几个人，完全没可能在异国完成这么大的生产量，就是这么多原材料都没办法在短期收集完成，从国内装运，一趟的成本又得不偿失，这食品加工行业，本身利润就不可能太高。孙劲风暗道可惜，只能一一婉言谢绝。他想着，要是有一天交通便利了，商品能更加便捷便宜地实现长距离运输就好了。或者说，玉堂未来做大了，能够把厂子开在美国，那就更美了。但是，现在这情况，也只能说是望洋兴叹！

“劲风！”突然一个熟悉的声音响起。

“苏——苏娅！”尽管知道苏娅要来，可是突然看到她出现，心里还是不自禁地一喜。

“你先忙，我去叔叔那儿看看，晚上我等你！”苏娅翩然一笑，孙劲风不觉醉了，但是似乎这笑容里还多了一些什么别的内容。

这一天的过程，总体而言，是非常圆满的。一位在中国有投资的大商人下了一笔单子，他的主要工厂开在上海，孙劲风大概估摸了一下成本，很爽快地就签订了合同。

不知道是见到苏娅的兴奋所致，还是靠着这一单的自信，孙劲风主动地向前来围观的商人攀谈，只要在中国内地有厂子，他都递去名片并且详细推介。误打误撞之下，又谈成了两笔，并且订购的数目都还不小。孙劲风粗略算了算，今天这三单的量，几乎就是玉堂目前两成多的生产力了。这样的成绩，可能是父亲都想象不到的。

“苏娅。”

孙劲风记起了上一次和苏娅对坐吃饭的场景，历历在目。孙劲风手心出着汗，不知道该如何开口。

“刘元死了！”

“谁？怎么死了？”孙劲风脑袋里嗡嗡的，他每次坐在苏娅对面都会有这种感觉，特别是现在的这句话，让他更是无法理解这背后的含义。

“刘元死了，自杀的。”

孙劲风总算明白了事情的原委。学生们的请愿是全国性的，抓捕的范围也是全国性的，各地的乡绅名流纷纷为家乡的子弟出头说情。山东闹事的规模比较大，学生的请愿也非常过激，大总统是下了严令要法办，概不宽恕。

可是没想到，最后连衍圣公都惊动了，还有苏娅的叔叔，嘴上说不想惹祸上身，可见到大总统，还是为学生讲了不少好话。大总统的气也消了，心也顺了，开始不那么死盯这件事了。山东方面看到北京已经有所松动，有人来探视，也不像开始那样不肯通融了。这时候，有人找刘元谈话，说是这事情若是有一个人能全盘扛下，作为首恶严办，那么其他人就可以得到赦免，这事情也就算过去了。而刘元孤身一人，社会关系简单，也不会牵连到家人朋友，所以有关部门希望……

可以想象，那个晚上，刘元一定是经历了相当痛苦的内心挣扎，最后的死因是服毒身亡。官方说刘元是个死硬的学运分子，平时就随身带着毒药以备不测。这纯粹是扯淡，为了混淆视听编造出的借口，但是服毒的时候刘元应该是自愿的，他死得很安详，没有被人强迫的痕迹。他的死确实救了大部分的人，政府也信守承诺没有深究，关了几天，把学生陆陆续续都放了。同学们把刘元装殓完后，悄悄地开了一个追思会，墓碑没有允许刻名字，刻的是刘元曾写下的一首诗歌：

我死在今天，我葬在昨天，我活在明天，但我认真地活过我活着的每一天。

“抱歉，我不知道那边发生了这么多事情，自己一点儿忙都没能帮上！”

“不！你做的努力我后来都听说了，你为了我的请求和你的父亲争吵得很厉害，到最后你的父亲受你的影响也在请愿书上签了字。孔府的孔佩仁先生也同我讲，你一直努力为同学们奔走，我是一直很感激你的！”

“不不不！我做得太少了，而且也有些懦弱，心里惭愧得很。”孙劲风的头低得更深了，很恳切地说。

“钱先生走的时候我见过一面，他评点班上的同学，说最能干事的是刘元，可将来会有最大成就的还是你。说你是不鸣则已，却聪颖博大，将来遇到机会，一定会一鸣惊人的！”

孙劲风将头抬起，目光坚定了几分，注视着对面一双闪亮亮的眸子：“我相信，往后会让你认识一个全新、真实的我！”

那天晚上，这两个年轻人畅谈了许多，理想、人生、看法、见识。交谈得越是深入，两颗心靠得就越是紧密。

那晚，苏娅没有拒绝孙劲风的索吻。看着那一双眸子，她很愿意相信，这是个值得托付的人，更值得用一生去相信。

根据《中国参与巴拿马太平洋博览会纪实》等相关官方文件记述：

本届世博会为中国首次参加。中国展品获奖牌和奖状1211个，其中，获大奖牌57个，荣誉奖牌74个，金牌258个，银牌337个，铜牌258个，鼓励奖227个。

玉堂酱园的酱菜、酱油、万国春酒、金波酒、宴嘉宾酒、冰雪露酒共计六种均获金牌。

第二年，中国根据其他国家的订单、需求及时调整，鼓励出口，相关商品出口率得到明显提升。

玉堂酱园借着获奖势头，在孙劲风带领下订单激增，成为中国食品行业赫赫有名的领军龙头。

几年后，孙劲风将盈利颇丰的玉堂酱园交给族中人管理，自己带着这些年的积蓄兴办教育、启发民智。据知情人透露，孙劲风在暗地里为那些真正立下宏愿，为国人自由之明天而奉献的人捐款。

其后，军阀混战，国人操戈，外敌侵袭，玉堂屡遭风雨，难以支撑。孙劲风重回玉堂，为这个百年老字号保驾护航。

1949 年，孙劲风从海外返回玉堂，打理整合，用玉堂的新生为中华人民共和国成立献礼。

1954 年，孙劲风率先将玉堂参与公私合营，大会上郑重宣布拥护人民政府领导，支持工人合理权益，发挥余热为玉堂添砖加瓦。全厂工人欢欣鼓舞，为自己是中华人民共和国的一员和玉堂的一份子而感到光荣。

当晚，孙劲风在玉堂门前的广场上喃喃自语，娅，你一直盼望着的这一天现在来了，可你就留下我老头子一人孤苦伶仃。你说我当时怎么就放心把你一人留在香港，我明知道以你的性子，是断不可能容忍日寇在祖国的土地上横行肆掠，可还信了你对我说的最后一次谎话，听任你把我好不容易送来的机票让给了别人……

玉堂门前，凉风洗月。他俯览着自己曾风流过的这片土地。

第29章

小寒——广厦将倾，福兮祸兮

“什么，局领导要裁撤玉堂。这是什么糊涂决定！”玉堂年轻的副厂长何春刚听了个开头，火气就直往脑门子上冲，顾不得轻工局两个主要领导就坐在对面，脸瞬间就拉下来，眼瞅着就要开骂了！

“何厂长！请注意你的态度！这是局党委集体研究的结果，是经过实地调查、慎重考虑的！”轻工局局长秘书孙大海一看好友这架势就知道要闯祸，赶忙抢过他的话头，用眼神示意何春要冷静。

“咳！”坐在主位分管企业经营的常务副局长顾建军轻咳一声，在座的一群人心领神会正襟危坐，知道这最后的结果，还是这老人家拿主意。

“大海说得没错。为玉堂的事情，局里可没少费心。小何啊！你虽然才提的副厂长，但是这么些年你也是玉堂的老人了，经我手的玉堂贷款不下二百万吧？用水、用电，粮食局、经销公司，哪个地方玉堂没有拖着我一起跑过，如今我也真是黔驴技穷了！下个月玉堂的七笔贷款全要到期，你们厂长庄铁军也是赶着时候生病啊！当然，他是老同志，我也不能妄加猜测这是在借病逃避责任。总之，我就一句话，玉堂，还有没有法子起死回生？有！局里当然全力支持。百年老字号，那是多少代人的心血啊！没有，就让有实力的厂子合并重组，像你这样的年轻又有经验的同志，我们局里仍旧考虑重用！”

“顾局长，我……”何春吞吐了半天，对玉堂现状的不甘，对厂子的有心无力，对未来前程的思量，让他一下子哽住了，表态？认输？沉默？

“小何啊，今天找你来，不过把局里的态度提前给你透个底，不管最后做何决定，都是需要时间的。那七笔贷款，局里当时是做了担保的。我也交个底，昨天晚上，为了玉堂，我是拼了两斤酒，几家银行才答应给你们延期一年。局里能帮的也就这么多了，剩下的事情，就看你们自己的了！”

“顾局长，我代表玉堂全体人员感谢你！”何春已经记不清这半年时间多少次用这种方式满怀歉意地对别人深鞠躬了。

“行了，行了！晚上我还有事，就不留你了，大海啊，你帮我送送小何。”

“大春啊，这不一定是件坏事。”

“不是坏事？老同学！我的厂子都快不行了，这还不是坏事啊！”何春有些恼火，都这个时候了，他这个老同学说话还是不紧不慢惹人生气。

孙大海四处扫视一番，确认周围没人，拉着何春到僻静处，点上一根烟：“老同学，你就感谢我吧。我这段日子一直在局长面前夸你，说你经验丰富，做事果断。前段时间，局长专门向不少人征询意见考察你。两月前的那次对传统企业大走访，其实就是专门为了调研你的……”

“调研我？到最后就得出这个结果啊？厂子无力经营资不抵债，随时准备被吞并。”何春猛吐出一大口烟圈，半讽半刺地顶了老同学一句，一想到自己从十六岁干到三十四岁的厂子，这个记载了自己全部青春、大半人生的地方，以后可能就不存在了，情感上实在是接受不了。这么一想，眼圈忽地就红了。

孙大海原本还笑嘻嘻地盯着何春，一瞅不对劲儿，自己这老同学他可太了解了，他可是一言不合，抡起膀子就干的主。这么一个男子汉，真要急红眼打架骂人，那是顺理成章的事情，可要是当着自己面，哭得稀里哗啦的，那他可接不了这个招啊！

“得得得！我也不怕犯错误了。上次党委会，会议记录是我做的，局里考虑提拔重用一批年轻干部，局长亲自拍的板。你——何春，准备调任第一食品厂厂长！”

回去的路上，何春一路推着自行车直发愣。原本借来这自行车就是考虑路远，可现在一路恍恍惚惚地拖拉着走，骑车半小时不到的路走了两个多钟头还没到。老同学说的话，还隐隐约约在耳朵边回荡。何春啊，你这么些年的干劲、学习势头，大家都是看在眼里的。玉堂五个分厂都亏损厉害，唯独你领导的啤酒分厂却经营良好，当时调任你到副厂长位置上，原本期望你力挽狂澜。但是，局里也明白，这玉堂算是烂到骨子里了，不能把一个年轻的好干部吊死在这棵烂树上……

第一食品厂，那是多少人梦寐以求的地方，老济宁人这几年最想分配的就是这个地儿了，不仅工资高、福利好，逢年过节食品罐头、猪肉排骨都是论箱发。玉堂也就五六年前有过这样的辉煌，现在啊，不提了。食品厂的孙厂长年龄大了，身体不好，一直传闻要退休。这个位置，市里不少大厂一把手都眼红得很。据说上一次老孙犯病，一群人拿酒拿烟净往轻工局局长院里跑，全都指望老头子回不来，自己能心想事成。没想到，月底例会上，老孙头神气活现地上台汇报，可把一群人气的啊！这么大的一块馅饼，现在难不成就掉到自己头上了，不能够啊！大海这小子是不是瞅着我情绪太低落，哄哄我的？不对，不可能！这小子关键时候可是顶靠谱的啊！

“局长，下午我们和何春谈玉堂的事情，他似乎很抵触啊！”

轻工局才买的一辆小车里，局长万春风微眯着眼，听着后面几人叽叽喳喳地汇报。晚上约的是邻近城市的几个合作单位的一把手应酬，挑的地点比较远，出了城还要走半个小时。自己瘦削的身体一个人舒舒服服坐在前面，而后面三个大胖子汗流浃背地挤在一起，场面合理而又滑稽。

“就是，这么多人都在呢，他就开骂了。这样的脾性，能成什么大气候。”

“小伙子年轻气盛，有点儿脾气很正常，那说明他对自己的厂子很有感情，我们需要的就是这种有性格、敢作敢当的干部。这次考察你们都看到了，南边干得如火如荼，我们这边依旧是死气沉沉，令人痛心，使人惭愧啊！”

车子里几人全都闭上了嘴，局长既然已经定下了基调，自己再多言语，那真是犯上作乱了。

顾建军两眼一眯，知道肯定是孙大海捷足先登，解释过一番了。这小子究竟什么来路？敢和我正面交锋，说的话局长还听得进去。不对，这小子从省里下来，档案到现在都没有公开。事出反常必有妖。我犯不着为了老刘那点儿亲戚关系，把自己给搭上去。这小子当厂长，家里无非逢年过节多点儿罐头肉食，为了这点儿好处不值啊！这浑水说什么也不能趟了！

“是啊，是啊！这小子是天不怕地不怕的主，没准用了他，真能带出一些新气象出来！”顾建军斟酌着吐出这句话，脸上已经表演出恰到好处的微笑。

“对对！还是局里面考虑事情周全！”车里另外两人赶忙见风使舵。

一车人在欢快的气氛中向目的地驶去。

“何厂长，这边这边。”

何春刚在巷子口把车子架好，邻居马大妈一探头看到他，赶忙把他拉到一边：“何厂长，你这是出什么事情了嘛，你厂子里那帮人大下午就围在你家里，到现在都没走。”

何春心里咯噔一下，晌午走的时候还好好的，莫不是真出了什么事情了吧。何春向马大妈道了谢，勉强镇定精神解释道：“没事没事，都是厂子的一些老问题了。讨论来讨论去，也都是钱的问题，换了谁也是没辙啊！”

何春摸出香烟，礼貌性地给马大妈递了一根。没承想这烟盒里面就剩一根了，马大妈赶忙推辞，何春也没客气，他知道进门前自己非常需要这一根烟，借着门口的炉子火将烟点着，狠狠地给自己的胸腔舒活了一大口。

一根烟吸到就剩烟蒂，何春才把烟头扔到旮旯里，回身向马大妈点了下头，往家走去。身后的马大妈重重地叹了一口气：“摊上这么一个厂子，真是太不容易了！”

“何厂长，你可总算回来了！”

一屋子人愣了愣，激烈嘈杂的争吵声戛然而止，一个个将目光投向屋子正中的何春。说话的正是玉堂的财务总监李浩，在他的身后，张副厂长、财务科科长、厂部的负责同志，保卫科、资产科、分厂的几位负责同志，或坐或站十来号人挤在何家不大的屋子里，一眼望上去黑压压的。

“大家这是怎么了？今天来得这么齐全？”何春知道，这肯定是一件顶棘手的事情，但这时候自己要是露怯了，底下人就乱得更厉害了。

“厂长，明天可是厂子发工资的时候。”李浩硬着头皮顶上去，小心地斟酌着字眼。

“这事情不是早就商量好了吗？工厂今年实在困难，从上个月开始，每人每月发放五十块钱的生活补助，包括我们在座的各位都不能例外。这笔钱不是已经通知厂办把这个月讨来的账目全部拨给财务那边了吗？”

“是……是。”

“怎么说话吞吞吐吐的？老李，你不会是私自把这笔钱挪用了吧？”何春将身子从大门口挤进这屋子的人堆里，反手把门掩上，话语多了几分急促和严厉。

“我哪有那个胆子啊！”

“到底是怎么回事！”

“还是请张副厂长和你细说吧。”

张琛狠狠地瞪了一眼李浩，逢着这种时候，官大一级也不顶用了：“老何，是这么回事，财务那边下午刚刚把钱取来，医院的同志就到了。我们厂子的工人在他们院里面治病挂账的钱，大半年没有结算了。这次是副院长带的队，要是不能结算，他们就终止对我厂的医疗服务。本来我还想好言好语拖一阵子，不知道哪个好事鬼把消息透了出去，几个犯浑的就闹到厂部，嘴里不干不净的，还作势要打人。保卫科的同志好容易把那几个挑头的按住了，医院那边不让了，回去路上就撂下话来，态度坚决，不结账就没得商量。你知道的，厂长现在也住在他们医院里，下午的时候你又不在，没人做决定，我们几个一商量就把医院的钱结算了，现在账上已经没有任何钱了。”

何春脑子里嗡嗡作响，他可以想到明早的情形，一千多名工人会把厂部和财务科围得水泄不通，一张张吃饭的嘴，一个个吃饭的家庭……

“明天还有可能收到回款吗？”何春知道，这时候再指责谁一点儿意思都没有。

“倒是有几笔，可是那些厂子也是出了名的老赖，目前他们的情况不比我们好到哪里去，怕一时半会也要不回来……”

“要不回来也要要啊！我们已经没有其他路可走，也没有其他的选择可做了！”

“正式的会，我就不开了，反正你们大家伙现在人都在，我就临时做个动员，把任务压给你们一个个！”

一伙人赶忙抬起头，掏出小本子，摸出笔来。

“老张你带着厂部的同志明天再去各家银行跑一跑，不管小钱还是大钱，都拉下面子要一要！”

“老何啊！我们过去贷款都还没有还，现在去，怕是……”

“非常时期，不管什么条件都可以答应，看看厂子还有什么东西能够抵押的！”

“行！我明天一大早就过去。”

“李总监，你和资产科、保卫科的同志去所有的欠款单位走走，粮食要不来，稀粥也给我端一锅来。”

“成，我今晚就联系。”

“几位分厂的同志也按照总厂的办法，只要不偷不抢，能要得来钱，就是玉堂的功臣！”

“何厂长放心，我们尽全力去办！”

“小王，你明天跟着我走，把厂子那个小车开着，算是壮壮门面吧！我再去财经局、轻工局这几个单位走走，求求领导。”

“好的！”

“大家还没吃饭吧，这个点也别回去忙活了，我们就去巷口凑合一顿面条算了。不怕你们笑话，我家里也接济不上了。好在巷口面条店用的是咱们玉堂的酱菜，赊账还是允许的！”

一大帮人下了两大盆清水面，哼哧哼哧地直往肚里咽。饭桌上没人敢多说什么，正中央放着玉堂家出产的酱菜。大大的玻璃瓶子里鲜辣椒被衬得耀眼夺目。可一桌子人基本没怎么动，偶尔寡淡得厉害了，挖上几勺填进面条里，却尝出浓烈的苦涩滋味。

把几个人分送走了，何春看着面条店的招牌，除了他们自己的招牌，还挂着一张写着“玉堂专供”这四个大字的匾额，心里一阵地酸楚无奈。这么好的百年老字号，主席总理尝过都说好的品牌，现在怎么说不行就不行了呢。

第 30 章

大寒——东奔西走，思前想后

何春一夜无眠。妻子景慧陪着孩子在里间，就听到他一晚上都在翻来覆去，大半夜的时候还猫出去点了好几根烟，直到早上，才睡了一小会儿。天刚亮，他就擦了把脸，饭也没吃就走了。景慧一句话都没打扰他。她清楚这个坚毅果敢的男人需要静一静才能拿出主意来。

何春真是一点儿主意也没有！不得不说，老友对他的提前透露着实乱了他的方寸。人一旦有了退路，做事情不自觉地就会瞻前顾后。是啊，玉堂好的时候，自己身先士卒；玉堂走下坡路了，自己也兢兢业业问心无愧。如今这局面，不过是在尽人事听天命而已。这次培训，省里面经济专家不是说了嘛，在这一轮的经济浪潮中，就是要涌现一批顶天立地的支柱型企业，淘汰一批看不到前途的传统企业。玉堂的现状很明显就是后者。可何春的心就是安不下来，他脑子里一直回想着带自己进厂的师傅的身影。早几年他患肺癌走了，就在最后一刻，还拍着自己的手说徒弟有出息，厂子肯定能在他手里发扬光大。

一上午，何春跑遍了市、区的各家单位，结果也是意料之中，大家都是一副爱莫能助的表情。何春连中午饭都没顾上吃一口，就奔向了财政局，这是他最后的希望，更是他最大的希望。

“局长，财政上可不能不帮玉堂这次啊！”因为没有提前预约，何春足足等了一个多小时，才在两个会议的间隙见到了财政局的董局长，这还算是董局长特意关照才把他放进来的，在自己身后还有一大堆人在望眼欲穿。

“小何啊，你们玉堂的情况也有人和我作过汇报。我没记错的话，光是银行的欠款连本带利就超过一千万了吧？”

“局长，这困难只是暂时的，相信玉堂……”何春讲话都有些磕巴了。他知道，这时候再做什么解释，都没办法自圆其说。但站在自己的角度，哪怕是理屈词穷，有些话也是不得不说。

“小何，我就问你一句话，这句话你可以不当我是一个财政局局长来问的，这只是一个老济宁人，一个你父亲的老战友在向你发问——你对玉堂还有信心吗？”

何春不敢接这个茬，甚至没法直视这个长辈的眼睛。这个自己打小就喊董叔的人，对他一向是关心爱护。换了其他的领导，何春怎么着也要放大嗓门，表态承诺一番，毕竟他的腰杆子是一千多号玉堂工人撑起来的，就算是没有草稿的撒谎，自己都必须义正辞严，目光坚定。可是，面前这是董叔，而不是董局长！

“董叔，不少工人家里都要断顿了。现在大部分人家都养了好几个孩子，有的夫妻两个都在玉堂干着的！”何春勉强抬起头有些嗫嚅地答道。

“行了，小何，我是看着你长大的，今天就帮你徇一回私情，也算帮玉堂——这个我从小吃到大的老牌子走一次后门吧！”

“董叔，我代表玉堂全体谢谢你了！”

十五万，十五万！何春坐在车上百感交集。这是自己多少次拉下面子来求人了？这会是自己最后一次干这个事情吗？玉堂好的时候，银行上百万的贷款都是主动送上门的，到后来虽然不情不愿，可还是礼貌慎重地对待。可从去年开始，不仅新的贷款不肯放了，催促还款的一个个都还没有好脸色，有时候一天还来好几拨。一天下来，自己这张脸都快笑僵了。

十五万，十五万！今天这钱，全靠董叔的面子。自己进去汇报的时候，还是那一套老生常谈。全场都很反对继续借款给玉堂，还是董叔用一把手的权威力排众议，强压着从局经费里走的账。何春心里很清楚，有了这次，怕是真的再没有下次了！

十五万，十五万！最起码这个月算是马马虎虎了。可下个月呢，下下个月呢？再往下，就要到过年了！

“厂长，您大半天没吃东西了，要不要先去旁边吃一口？”

大半天！何春回过神来。糟了，他看了一眼窗外已经略显暗淡的天色，扶起手腕看表却发现匆忙之中自己并没有记得戴，心道一声不好：“小王，现在几点了？”

“刚刚在出来的时候看了一下，好像过了四点了。”

“赶紧往厂子去，一刻也不要耽误了！”

回到厂区，大门口一切如常。进去之后，工厂秩序井然，并没有想象中的罢工闹事。何春感到有些诧异。在路上，自己已经有了充足的思想准备，哪怕为此吃上几记老拳，挨上一顿臭骂都在自己的意料之中。可如今这场景，是暴风雨之前的平静？难道说，另外的几拨人带回来好消息了？不能够啊，那一家家自己不知道都跑过多少回了，横竖都是油盐不进的主儿，反正就是没钱，你看着办吧！

回到自己办公室，何春几乎是整个人瘫倒在椅子上了。这一天，求爷爷告奶奶的，不论是身体还是精神都已经疲惫到了极限。跌坐了十多分钟，何春才缓过劲儿来，他拿自己贴身带着的黑皮包，摸出还透着新鲜油墨味的十五万付款凭证，确认了好几遍上面的零字这才放下心来。

昨晚吩咐出去的各个小组陆陆续续赶回来了。来到何春的办公室，一个个都是垂头丧气的。何春没有多说什么，只是示意他们各自找地方坐下。不到半个小时，一伙人全都回来了，光看表情也知道，应该是一无所获。

等到最后一个啤酒厂的厂长进来，脸上总算是带着几分活泛，和屋子里的人一个个打了招呼。

见人齐了，何春对张琛点了下头，示意大家可以开始讲了。

“老何，我是实在没辙了，几家大行就不用说了，全都躲着不见我。我亲眼看见他们行长的小车停在外面没动，可前台睁着眼睛说瞎话，告诉我说行长跟车外出开会了！”

“厂长，我这边也很为难，我们在北京的几家供货商，按照约定，到明年开春才应该付款，现在去催，于情于理都不太合适。但人家也说了，理解我们目前的困境，到年底的时候，无论如何也要支援我们一笔，让我们过年。”

“我们两家分厂也派人出去了，整体情况也比较糟糕。

有两家我们的欠款单位，情况比我们更糟，厂长直接放出话来，这个月他们已经开不出工资了，正准备向当地政府申请合并重组……”

“老大，我这边倒是给你带来一点儿好消息，啤酒厂的几个老主顾都是你当年一刀一枪谈出来的，几家饭店的管事说了，他们会提前把这个季度的啤酒钱结算清楚，明天上午的时候就送过来。我大概算了算，应该有个小十万元这样。”何春看了一眼刘焱，这个自己一手带出的小兄弟，微微点了下头。

“十来万！”张浩欣喜地重复了一遍这个数字，他心里清楚这一笔雪中送炭的意义，随即又悲哀地想到，自己刚成为玉堂财务总监的时候，账面上经管的数目可都是以百万为单位的。

“今天我也跑了一趟财政局，好说歹说给了我们十五万。张总监，你明天把两笔款子汇总一下，先保证工人生活补助的钱。余下来的部分，多少给几家结算一些，千万不能让他们断了对玉堂的供货。”

劫后余生的众人脸上总算有了些笑容，但一想到下面林林总总更加繁复、严峻的问题，一个个还是轻松不起来。

一阵急促的敲门声响起，来访者敲门显然只是为了维持最低限度的礼貌，下一刻就算得不到允许也会立即推门进来。

“进来！”何春仍旧保持着沉稳。

进来的是车间主任李前进，脸上着急火燎，还没站定，就爆出一个让屋内众人目瞪口呆的消息：“我们厂才来不到半年的厂长庄铁军下午写了辞职信，说实在是心力交瘁，没办法承担这么大的责任了，信递过来的时候就装在空信封里没封口没署名，被厂办那边无意中拆开来看了，现在整个玉堂都传开了！”

玉堂的现状，工人们心里大概明白一点儿，可是像现在这样把窗户纸彻底捅开，却是整个领导层都不太愿意面对的，就算是上个月工资不能正常开，厂部对外的解释仍旧是暂时性的困难。大家心里都很清楚，工人是厂子的基础，一旦他们的心乱了，对工厂失去信心了，那厂子就真是完蛋了！

所以，一直以来工人们都知道厂子在走下坡路，但他们并不晓得这下坡路到底滑坡到了什么程度！

可现在，这层窗户纸算是彻底捅开了，下面就真的要打开天窗说亮话了！

几个老工人气势汹汹地从门口挤了进来，这帮人可是玉堂的宝贝，下面车间一大半人都是他们手把手教出来的徒弟，资历比这一屋子的领导要高多了。为首的赵大洪都已经退休了，还是何春好说歹说才聘任回来指导技术的。

“小何，等会儿你这边忙完了，到大会议室来，我们要代表全厂的职工和你谈一谈！”

“何厂长，你跟我们讲一句老实话，现在厂子到底怎么样了！”

“好。几位老师傅，我也不瞒你们了。厂子情况很差，欠银行的钱还不上，该要的钱又要不回来，现在连买瓶子和买原材料的钱都是找几家老关系赊账赊来的！”何春索性竹筒倒豆子，把情况一五一十说了。他明白，面对这些在玉堂干了几乎算是一辈子的人，他们有权利知道厂子的真实情况。

这话吐出来，自己心里也敞亮多了。

“小何啊！你糊涂啊！到这个时候，你还不和我们坐下来商量，还不早点把情况告诉我们，这是不拿我们当自家人啊！”

“真的糟糕到这个程度了吗？那你每月还一分不少地把补助金发给我们！”

“就是，上个月普通工人都只拿到五十块钱，我们几个老家伙没什么负担了，你还满打满地发放！”

几个头发花白，因终日赶在第一线而更加显老的老工人七嘴八舌地指责着对面的何春。何春默默地低下了头，内心波澜起伏。多好的几位老人啊！玉堂对他们而言，就好像家一样。想起自己就任副厂长的时候，他们在台下用被酱汁腌渍的沟壑纵横的手拼命鼓掌的场景，何春不禁有些热泪盈眶。或许，为了他们，自己也应该再去努力一把！这几天一直有些摇摆、难以确定的抉择，似乎有些明晰了！

“小何，你听好，我们是工人公推出来的代表，可以代表他们决断、说话、表达意见。我们几个商量了下，从这个月开始，大家都不领工资了，那什么生活补助也不用提了。不想留下的，自己出去找活路；愿意留下的靠能耐出去借钱贴补生活。我们几个老家伙孩子都大了，也没什么负担，凑来凑去，也有几万元钱存款，我们全都拿出来，要是有工友生活实在困难的，可以拿这笔钱去用！”

“赵师傅，这可使不得！”

“有什么使不得的，这是大家伙的意思。我们相信玉堂一定能在你手里搞起来！”

第31章

小雪——众生众相，肩挑重担

“什么，你的意思是——你打算干玉堂的厂长吗？”

何春的突然拜访，让万春风有些诧异却又恍然。这小子到底还是太年轻，这会儿就沉不住气了。食品厂孙厂长确定提前退休，局里开会研究的第一人选就是何春。这已经是半公开的秘密，会开得很顺利，基本是一致通过了这个决议。万春风打算趁着玉堂还在正常生产的时候，赶紧宣布这个任命，要不等到玉堂破产重组了，再宣布这样的调动，总会有好事的多嘴多舌。这也是局里为了保护年轻干部，毕竟玉堂不行了，可何春这个同志还是很有能力的。可在他转身坐下时，却突然听到了这句话。

“是的，万局长，我想留在玉堂，一直干下去！”

“小何，你清楚自己在说些什么吗？”

“局长，我很清楚。这么一个百年老字号，断送在谁手里，都是历史的罪人啊！”

“你当真考虑清楚了？”

“这是我深思熟虑的结果！”

“好吧，你先回去。局里要好好研究研究这件事。”

“小张，那帮老员工建议下面几个月的工资大家主动不去领取，和厂子同生死共患难。这事情，你听说了吗？”

“切，他们吃饱穿暖一家不愁，我可还要顾及一家老小呢。反正我可没心思陪着这破厂子戏耍什么同生共死，等我表哥那边有消息，我立马就赶过去。大难临头，各奔前程。听说就连何厂长自己，上边也是另有安排！”

“唉！你这小年轻总是有办法。可怜了我这老头子，出去没人要，在这儿也没活路。厂子真不行了，家里的几张嘴可怎么办啊！”

“老哥也别说丧气话，你在操作线上是熟练工，到时候让我表哥好好推荐推荐，不愁没有你一碗饭吃！”

“成，老哥就先谢过啦。客气话不多说，今晚买几个小菜一起喝两杯！”

“听说何厂长要走？”

“真的假的？干得好好的，走啥啊！”

“好好的，好好的厂子两月开不出工资啊？”

“这有啥。这么大个厂子，一时半会儿资金周转不过来，也很正常。”

“正常？要是真正常，我们这一点儿工资，哪儿寻补不来啊！”

“还能真是有其他原因？”

“你啊你，整日埋头干活不知道外面状况。玉堂可不比过去了，看这光景，恐怕是没指望了！”

“不能吧！好好的这么大一个企业，说完就完了？”

“这儿上一条生产线，那边做一个新工艺的，光把钱往外扔，又看不到回头钱，你说能不垮嘛！”

“唉！要是早让何厂长来干就好了。照他现在这做法，稳扎稳打，保证几个老工艺的正常生产，谨慎对外投资扩大生产，也不至于到这步田地！”

“裁员，要裁啥员？你这消息准确吗？”

“听说，要让不少人离开呢！”

玉堂的大礼堂从建成至今就从没有挤下过这么多的人。这还是玉堂早些年建的，原本认为八百来人已经很了不起了，后来人越进越多，于是后排的人只能搬来凳子围着坐，再后来凳子也放不下了，来得晚的只好站着把会开完。岁末年初，玉堂表彰先进、奖励生产的时候，成捆成捆的钱，堆成小山似的奖品，一个个职工欢天喜地地上去，志得意满地下来……

何春晃了晃脑袋，努力摆脱这在现在有些不切实际的怀想。礼堂被爆裂嘈杂的声浪反复席卷，紧张、忐忑、惶恐的情绪在这个半密闭空间里酝酿浮沉。

“大家——！”吱——一声刺耳绵长的话筒啸叫在会场鸣响，会场纷杂的注意力总算被拉回到了台上。

“大家静一静。今天，把大家伙召集到一起，一是把大家最近最关心的几个问题做一个详细解答，再一个就是宣布一下我们厂子领导班子研究的决定。”

会场“刷”地一下安静下来，所有的目光都汇集到了张浩身上。张浩定了定神，尽量用惯常的公事公办的语气念着手里的一组组数字。

“……玉堂本年度总体亏损六百八十五万元，累计对外负债三千四百万元！”

张浩长出了一口气，作为财务总监，是最清楚这个数字是怎么滚雪球一样滚到今天这个规模的。五任厂长，上任初始都信心满满，即便是自己将财务报告交到他们的手里，他们明面上的姿态仍旧是处变不惊，亏损的数字从一百万元到三百万元到一千万元到现在的三千多万元。张浩自始至终都是心惊肉跳、胆战心惊，整体藏着掖着，生怕将这个数字见光，如今能将这个数字一吐为快，整个人都轻松了许多！

“三千四百万元！”整个礼堂传来了一声清晰绵长的惊叹，随后吸气声不断。这群卖力气出手艺的工人，实在无法想象三千多万元是一种怎样的概念，在他们的有限经验里，实在无法拼凑出千万元这样的概念。

“是的，这就是玉堂目前的状况。不过，也不用如此悲观，我们对外还有一千多万元的账款没有收回，机器、厂房加加算算也有两千多万元，但是整个厂区的土地、设备，甚至现在我们站着的这个礼堂，已经全部质押给债权人或者银行。换句话说，就是现在的玉堂除了这个字号，其他的一无所有！”何春走到讲台正中，接过张浩手里的话筒，再一次向玉堂的工人们证实了这个重磅炸弹。主席台下，除了几个早就心中有数的老工人，其他的人全都叽叽喳喳，面色惶恐不安。

“玉堂会完蛋吗？”一个颤颤巍巍的声音犹疑着从后排响起。

“胡说八道！”前排坐着的几个老师傅说道，虽然这样的可能这些日子一直在心头念叨，但对玉堂的情感让他们的脏话脱口而出！

何春抬起话筒，和主席台上几个人眼神碰撞了一下，随后将话筒放在嘴边："玉堂确实存在重组的可能，但我们会尽全力再去拼一把。"

"这以后可怎么办啊！"一声带着哭腔的音调在礼堂响起。周围的人们望了过去。这是一个在玉堂干了快二十年的中年妇女，她的丈夫死于矿难，留下一窝的儿女，就连那个不足岁的小儿子，也照顾性地在厂子里领一份补贴。玉堂要是不行了，这家人的未来可就真是阴云密布了！

悲观的情绪像是流行瘟疫一般横冲直撞。这个为了表彰、祝贺而兴建的礼堂，此刻却像是在进行一场遗体告别仪式一般，追忆、哀泣、茫然在人潮中发酵蔓延。

"我们研究了一个方案。到目前为止，所有应发未发工资福利的人都去财务室领一个欠条。只要玉堂这个字号还在，哪怕说是被其他家收购了，这笔钱将来也必须认账！"

没有人接腔，这是没有办法的办法，现在的厂子真是山穷水尽了！大家更关心的是，以后该怎么办！

"厂子目前的状况，是不可能养活大家这么多人了。我们希望，有条件、有能力、能寻到出路的，就抓紧时间出去找活路。当然，这不是赶大家走，将来厂子情况变好了，随时欢迎大家回来。剩下的愿意留下的，我们只能给大家基本的生活费，医疗报销也必须暂时停掉。但是我保证，只要情况有所好转，玉堂绝不会亏待大家的！"

"保证，你拿什么保证！我可早就听说了，轻工局正考虑把你调到市里的食品厂，你倒是走得干脆潇洒，留下我们这帮苦命人在这儿挨饿受冻。”会场的某个角落，一声阴阳怪气的嘲讽忽地响起，却如炸雷一般石破天惊。

“食品厂？”

“外面传言难道是真的？我说他怎么那么镇定自若，出路早就找好了。”

“不至于吧，何厂长为玉堂做的事情，大家可是看在眼里的啊。”

“唉，好好的厂子毁掉了，最后倒霉的就是小老百姓，上面的人换个新地方继续作孽啊。”

场面一时有些失控。张浩扯起喇叭想让大家安静下来，却只响起一阵阵话筒的尖啸音。

何春皱着眉头看着台下义愤填膺、委屈伤心的人们，目光不自觉地扫向前排坐着的那几个主动找到他的老师傅。他们稳稳地坐在座位上，什么话都没说。何春冲着他们点了下头，他们也回应了何春一个坚定的眼神。

“不要吵了，不要吵了。有大领导车子到了。”保安室的人冲进礼堂，扯着大嗓门在后排吼道。礼堂中的人们停止了喧闹，盯着礼堂后门，好奇到底是谁来了。

“万局长！这个我认识，他可是轻工局的一把手局长。那次来车间视察，还是我招呼的。”人群中响起略显得意的窃窃私语，民众对于自己完全碰不见够不着的上级官员的天生敬畏在这一刻发生了作用。大家都猜测，在这个时候，万局长到玉堂来究竟是为了什么。

“万局长怎么还站在后手的位置，前面那个老头是谁？”

大家突然发现，他们一向敬畏、尊重的万局长并不是处在众星捧月的位置。在他的身前侧，一个头发花白的老者边和身边几人攀谈，边对着这帮好奇的工人微笑致意。

“天哪！这不是济宁的刘市长吗？他怎么来玉堂了！”几个平常喜欢看报纸的，总算把面前的这个老者和报纸上刘市长的照片对应上了。在这群整日待在工厂、休息日都不大出门的工人们的认知中，这样的官员都是整天待在政府大楼里，平时就算是见到，也是隔着一堆人，隔着老长的距离。现在一下子出现在面前了，一个个被震惊得说不出话来。

一行人走上主席台。刘市长冲万局长点了下头，万春风赶忙走到台中主持局面。

“今天和刘市长来玉堂，主要是宣布几个重大的决议。本来，这事情我来就可以了。但是，刘市长知道之后非常关心，说玉堂是百年老字号，今天又是玉堂的大日子，一定要亲自来看一看。所以，在百忙之中，他仍旧抽出时间过来，好好看一看玉堂，看一看大家。大家鼓掌欢迎！”

礼堂掌声响起。对于大家来说，这个突然出现的人，给了大家一种莫名的信心。

“首先，轻工局遵照市里面指示，考虑玉堂现任厂长身体不适，明确了何春接任玉堂厂长，并且将玉堂作为市里面第一批试点企业，实施责任承包制！”

一道道异样的目光投向了何春。这个消息除了厂子里少数的几个人，其他的都不知情。掌声响起，稀稀拉拉却坚定沉着。几个玉堂的老工人率先鼓起了掌，刘市长在台上也鼓起了掌，随后整个礼堂响起了整齐而又响亮的掌声。

第 32 章

清明——盈门八方，涅槃重生

“何厂长，我们也不想为难你，但拿人钱财与人消灾，你们厂子欠孙老板的钱，你明天必须还了。只要孙老板那边有个交代，我们好吃好喝把你送走！”

一伙人把何春吊在脚手架上，拿着棒子作势就要往他身上招呼。

“二位兄弟，你们今天把我抓来，那算是优待我了。你们可以去瞧瞧现在玉堂的食堂是拿什么打发大家五脏庙的，这一周都是做坏了的酱菜和着尖辣椒炒的，吃得我说话的时候嘴里都直冒火！”

“何厂长，你这么大个厂子的厂长，就到了这步田地了吗？”

“不瞒两位，现在就连接送我的那辆小车，都因为没油趴在那好多天了！”

“老大，这何厂长还真没骗你，他家里离厂子老远，我们晚上逮他过来时候，他是蹬着自行车回家的！”

“好小子，我算是服气了！可我们这帮兄弟也指着这手段吃饭，你让我们无功而返，这传出去道上还不笑话死！”

“几位老大没动我家人，也是讲江湖规矩的。这样吧，我会去尽力凑一点儿。再一个，工厂那小车，反正我是没本事用了，就拿那个抵一部分债。不过，烦请你们带个汽油瓶子来，要不开不走。”

“成成！要了那么多年债，你算是第一个整得我们一点儿脾气都没有的！看你也不容易，中午这顿就和我们对付了吧！”

何春到底是没和这帮要债的客气，大肘子、熟牛肉、大肉圆子直往自己碗里拨，那架势比对面这帮真土匪还土匪，惊得这一众打架见红要债断骨的混混儿们目瞪口呆。何春心道，一趟出来，绝不能委屈自己肚子。回去之后，还不知道有多少要债的在外面等着呢！

到了晚上，玉堂总厂一群人心急火燎地总算把何春盼回来了，说是接到这帮人送信，凑齐五十万元就把人送回来，一个个都着急得不得了。可一天时间，求爷爷告奶奶，也就到手三万元钱。正着急呢，何春可算是回来了。

何春回过头，也没避讳把他押回来这人，二话不说，三万元钱装袋，小车开走。对面也很守规矩，当着面把几张时间较早数额差不多的欠条就撕了。

第二天，山东地界就放出话来，玉堂家欠下的钱，给多少回扣都没人肯去要了。

那天，刘市长过来，问何春存在什么困难。何春趁着市长现场办公，厚着脸给玉堂要了不少实惠。这第一条就是银行暂缓对玉堂的欠款催缴，要知道银行抵押的全是设备和土地，这东西要是全都执行了，玉堂就一点儿翻身的机会都没有了；第二就是找市里面的供销总社赊下不少生产的原材料。玉堂的东西，瓜果蔬菜、粮食面粉用量极大，这东西平时都是现钱结算，可玉堂现在哪里来的钱，能欠着的就先欠着！第三就是要了刘市长的电话。何春也很知趣，没有经常去骚扰。可万一厂子落到断水断电的田地，市长一句话可比他求爷爷告奶奶顶用多了。

当天下午，得到市长承诺的玉堂员工，有五百多人选择自谋出路，剩下来的被何春划分为十个分厂，每个分厂根据工人特长，拿走一些设备、材料什么的，去独立经营自谋生路。比方说，机修厂把原来的设备带走，改成机器维修公司。酒厂除了好卖的啤酒之外，其他的全部改做酱醋的酿造。酱菜厂效益好一点儿，一半专心制作花生、脆果，主打零食小吃；另一些主要做腌制的果蔬。总厂方面只进行技术指导，绝不干涉经营。何春自己，找了一些经验丰富能镇得住场面的同志，组成总厂的几十人班子，专门负责算账、找钱和清欠债务！

"何厂长，您今天辛苦了！可我还是要提醒您一下，明天有两个案子开庭，您必须去应付一下！"

"行吧，行吧。这事情我放心上呢。可现在总厂没车了，我记得这两个地方还在外市呢吧？"

"都联系好了，我们合作的供货商明天押货，您跟着他们车子一起去就行。"

"那我就在办公室眯一会儿吧。把你的被子借给我，暖气断了，夜里还真不好熬。"

"何厂长，我们和你也算是老相识了。你是我们见过态度最好、最积极的欠债方了，可老是不还也不是个事情啊！”

“庭长，玉堂的情况我就不多说了。您带人过去也好几次了，很清楚我可是没有一句假话的。现在值钱的土地都在银行手里，您想执行怕也是没招，其他的设备给你们也卖不了什么钱，况且玉堂要是没设备不能正常生产了，钱就更没指望还了！”

“得！何厂长，我们就和你一起努力劝劝债权人再给你缓缓。但是，今年年底您一定要想办法还一点儿，要不实在说不过去啊！”

2001年，何春多方奔走，靠着分厂上交的一部分资金，玉堂总算还清所有拖欠地方企业和个人的债务，工人的工资也一次性补发全了。但这个时候，玉堂在银行的累计欠款合利息达到了三千五百万元之多！

“老马，你糊涂啊！这东西怎么可以盖章出厂？”

“厂长，这东西虽然看起来成色差了些，但是口感咸淡都是符合标准的。”马技术员实在是舍不得啊，这一批次的酱菜其实并没有大问题，只是出缸略早了些，照着自己以往精益求精的态度，确实是不能留，但现在玉堂不是正在困难期嘛。要是还像以前那样，一点点不合格就全部倒掉，自己实在是下不了这个狠心啊！

“这话你和我说不着，你去和这么些年一直支持着我们玉堂老字号的人讲去！”

“厂长，你看这样行不行，我们把这一批酱菜卖到外地去，价格上可以给老经销商一些优惠，事情也和他们讲清楚了。本地常吃的老顾客可能会关心这细微的差别，但外面的人绝不会尝出来的。”老马小心翼翼地建议。

“老马，你也是老人了，这糊涂事情你是怎么想出来的？”

“厂长，这可是二十万元的货啊！这对现在的玉堂可不是一笔小数目啊！”

“二十万元就能买得了我们玉堂的老招牌吗？二十万元就能够让玉堂放弃自己的标准和品质？二十万元就能让我们堂堂玉堂人忘了本吗？”

“行了。厂长，我明白了，我这就把这批不合格品处理了！”

“谁让你直接处理了？给我拖到我们食堂去，别浪费了，不能卖给别人，我们可以自己吃。白天晚上就粥，中午可以和辣椒、肉丝做道菜。”

“啊？这么多酱菜，这要吃到什么时候啊！”

“就这么定了，我可是和你们一样，每天都去食堂的，我可没有搞任何特殊啊！”

2000 年，玉堂一路亦步亦趋，有惊无险。好几次，连何春自己都感觉撑不下去了，可站在玉堂的大门口，看着一个个穿着工装鱼贯而入的工人们，和一个个熟悉的面孔打着招呼，何春重又找回了属于自己的状态，继续斗志昂扬地周旋于各方关系中。此时的中国风云变幻，日新月异，许多新的动向、新的政策、新的观念正一点点地在内地生根发芽，初见成效。

“何总，真没想到，玉堂在你手里能撑到现在，还越做越好了！”

“运气啊！这几年真叫一个心惊胆战，我生怕有一天债主一个冲动把设备砸了，把厂房烧了，那我这个厂长就真是巧妇难为无米之炊了。”

“那不可能。他们过来找你，无非是希望你还钱。把厂子生路都断了，这不就是鱼死网破了嘛。”

“李总今天特意来找我，不会仅仅是祝贺和闲聊吧？”

“那我就开门见山了！我刚刚在内陆做生意，人生地不熟，特别是山东的市场，在我看来大有潜力，我需要一个熟悉当地情况又有能力帮我独当一面的人……”

“李总认为我可以？”

“是的，不仅仅是我，很多人都很看好何总你！”

“可我现在人还在玉堂。”

“玉堂的情况，我不说你也明白，要想彻底翻身，还只是个未知数。况且，你要是听了我们给你提供的待遇，或者可以多考虑一下。我们香港团队的意见，给你的年薪是整整二十万元。除此之外，你业绩的百分之三作为你的分红。”

何春呆住了。二十万元在山东绝对是个天文数字，他所认识的一些大领导和大型国企的负责人也拿不到这个数，更别说是后面所承诺的分红了。

“给我拿包烟来！”何春焦躁地将手中的烟掐灭，晃了晃手里的烟盒，已经一根不剩了。看着家里窄小的房间，想着二十万元足足等于自己过去这么些年积蓄的总和，市里面最好地段的别墅十几年也可以轻松买到，他的心里在反复动摇着。

“算了，说是舍不得也好，说是对玉堂还有更多的期待也行。留下吧！留下吧！留下吧……”何春反复念叨着，努力让自己不去想，更不去打李总留下的电话。二十万元这个具体而鲜活的数字像是一个个麻将牌一样不住地在他的眼前晃荡。

李总在山东待了三天，也没有等到何春的电话。走的时候，他仍旧力排众议和玉堂签署了合作协议。理由只有一条，他信得过何春对于玉堂的坚持。

“要是承诺到期一次性还清，所欠债务可以打折？”

“说是上面给的政策，但是现在还没个谱，我再让我弟弟去问问？”

“老张，这事情你可要上点心，没准玉堂就能彻底翻身了。”

最高五折！五折！何春心里没抱这么大指望，要是能够打个七折，玉堂的问题就能解决大半了。这么些年，玉堂只能算是勉强维持经营，发展提升是一点儿也不敢想。自动化封装设备、酱园的电子数据管理、温度调试系统，政府组织去广东参观学习的时候，这些东西看得何春眼馋得不行，他甚至能想到，如果把这些完全运用到玉堂的生产中那壮观的场面！

“老何，你托我问的事情，有眉目了。”何春接到电话，就知道老同学绝对是给自己带好消息来了。要说孙大海对自己、对玉堂，绝对是没得说的。从轻工局到现在商务局副局长，只要手里有对玉堂利好的信息，总是第一时间帮忙争取。

“当真能打折？”

“是的，国家为了清偿债务特意成立的发展银行，像你这样的老字号企业，要是积极自救，确保一次性偿清债务，我问过了，今年可以算六折。”

“六折！六折！这是好事啊，好事。玉堂就能无债一身轻了，我也就可以放开手脚干了。可是，就算六折，四千万元算下来也是两千四百万元啊！这么短时间，玉堂到哪去弄这么多钱。”

“老同学，我倒是有个招。”

“大海，别吞吞吐吐了。你知道我着急，你怎么做了局长还是改不了这性子啊！”

“老何，你想过把玉堂这块地给卖了吗？”

“卖地？”

何春知道老同学为什么犹豫了。卖地的事情，市里面不是第一次和何春提了。玉堂的这块地好几百年没动了，过去的时候就算是遇到败家的卖房卖地，顶多隔一代人也就赎回来了，到最后这一片已经被整个济宁公认的就是玉堂家的了！老辈人都传闻，这块地附着灵气，保佑着玉堂，所以虽然这地方已经抵押给银行很久了，何春一次都没有动过卖地的念头。随着城区开发建设，玉堂这块宝地被很多人眼馋。在这之前，有多家房地产公司向市里面申请，希望能拿下这块地开发房地产。市里好几次找人和何春商量，可何春一直没有松口。

“让我想想！”何春知道，这不是他固执己见的时候，玉堂是全体玉堂人的，这个选择他没有资格独断专行。

“情况就是这样了，大家拿个主意吧。”

“地怎么能卖呢！卖了这块地，玉堂还叫玉堂吗？日本人来那几年，玉堂都挺过来了。现在生活好了，却想着去卖地！这对得起玉堂一代代传承的酱菜人吗？”孙军作为玉堂老工人的代表参加了这次会议，他气恼地拍着桌子冲何春吼道，一点儿也没给何春留面子。

“孙老，道理你其实都明白，就是感情上一时接受不了。玉堂要是这时候当机立断，还能求得生存发展。可要是还是墨守成规，这债务就像滚雪球一样，越积越大越滚越多，到最后玉堂恐怕又像当年一样，保不住了！”

孙军沉默了，自己刚刚听到要卖地的消息，和几个老兄弟一下子就火了。把老玉堂的这块地卖给别人，就好像是在刨自己家的祖坟一样，让他无法接受。可现在冷静下来，想明白利害关系，也清楚这是不得已而为之，可……

“我们举手表决吧，不管结果如何，我都按照大家的多数意见执行。”

两票反对，九票赞成。好，这段时间我会联系房地产企业过来看地，搬迁的地址我也会尽快向市政府争取。我强调一点，搬迁不仅仅搬的是设备机器，玉堂的历史档案、瓶罐瓦砾也要给我一个不差地带走。今后玉堂好了，我要建一个博物馆，让所有想了解玉堂的人都好好看一看！

第33章

立夏——世博百年，玉堂如今

“何总，太感谢您盛情款待了！这一周的时间，您陪着我吃住在玉堂，给我讲述玉堂的前世今生，让我了解了一个传奇且神奇的酱菜帝国！”

“玉堂应该感谢你，希望通过你的笔让更多的人知道玉堂、了解玉堂、喜欢上玉堂！”

“何总，听说这阵子，有一家在国内极具知名度的调味品大佬想要收购玉堂？”

“有这么回事。他们认为玉堂是一个很好的品牌，可以帮助他们快速进入酱菜和调味品的大市场。”

“您会答应吗？”

“我有点儿犹豫。毕竟自己年纪一天天大了，我还没有找到一个合适的人来接过玉堂未来传承发展的担子，我最早考虑的是自己的子女，可是现在看来可能并不适合。”

何总咧着嘴笑了，随之又有些忧伤地说：“让大公司并购在短期确实能带给玉堂许多的好处，工人工资待遇会提高，我本人也会是直接受益者。可是，玉堂保存的很多传统工艺费时耗力，和现代的工艺比起来，并不占优势，普通人恐怕不会为了那一点点的口感差异，而多花那么多的钱！”

“我能理解。在这儿观察传统酱油的酿造出油，那是一个极其漫长的过程，这么多黄豆好几个月才能成功生产出那么一点点的油，这在讲求经济效应的今天几乎是不可理解的！”

“但你必须承认，这很好吃。”

“是的。尝到这个酱油，我才能真正理解，过去人们所说的没有菜吃，就在饭上滴几滴酱油拌饭的滋味。”

“我正在引进几条新工艺，有可能的话还要培养几个应用型的博士。不怕你笑话，厂子里面高中生都算是高学历人员了。”

“这很困难。按照您自己的规定，工人们的平均工资都很低，哪怕管理层也很有限，这对现在的博士很难有吸引力。”

“我想把你脚下这块土地再卖掉，去更远的乡镇建厂，剩下的钱可以购买新式设备和引进高端人才！”

在我背后的资料墙上，中华老字号、米兰世博百年纪念的照片，刻录着这个百年老字号的时代记忆。一场酝酿中的更大变革正蓄势待发。或许在永恒的时代和永远的时间面前，物竞天择，适者生存！

后　记

玉堂的故事到这儿就暂时告一段落了，但是属于玉堂人的未来将会一如既往，勇往直前。犹记得当时创作的初衷：2016年去山东游玩，被街巷上一家店铺的门招所吸引——玉堂酱园。那时候自己在进行后来成为国内首部邮票书的“信中书”没大在意。谁知几天后，在叔叔的安排下，我和玉堂的掌舵人何景春同席吃饭，席间我们从酱菜起源、人文历史、运河文化谈起，说到现代企业经营、改革浪潮等内容，相谈甚欢。之后，玉堂酱园在脑中一直挥之不去，总想写点什么。运河选题开笔，我毫不犹豫定下玉堂。之后一年时间四赴济宁，与工人同吃同住，走访玉堂上下数十人，并带走数捆资料回去精研。一个三百年兴衰沉浮的酱园帝国正在心中逐渐清晰。

随后，在南京参加一次学习。会议结束后，主持人出于客气，询问台下观众有无发言要求，我是个不习惯沉默的人，于是就有了下面这段发言：

作为年轻一辈，我们渴望表达，害怕被遗忘。我们用文字语言来彰显我们的存在，证明我们的可能。是的，作为写作者，一辈子的光荣就是留下那么几个字，在我们痴了、呆了、傻了乃至于死了之后，仍旧有人还记得那几个字。为此，我们坚持不懈，孜孜不倦，痴心不悔。

我是个靠阅读和后天学习成长起来的作者，我不认为自己存在什么天赋。甚至论起灵性二字，我和大部分朋友比起来还存在不小的差距。小时候，母亲逛街将我丢在书店，四五个小时过来接我，我仍旧捧着书不愿意离开。大了之后，父母出差，我用十来天时间无师自通学会了做菜。回家之后面对空空如也的冰箱和胖了快十斤的我，他们断言我会成为一个好厨师。第一本书出版后，我壮志豪情放下狂言，外出完成一部著作，并且在外面租了个房子。可三个月后，朋友来看我，发现我的打牌技术神乎其技，三手牌出完之后就能猜出各家牌型。当时想想，环境对个体的影响太重要了。幸好生在江苏，波波折折之后，还是青灯古佛手不释卷。若是生在澳门，现在可能就投身另外一番事业了。

人是需要约束和要求的。工作之后，我给自己立下规矩。每天下班后，放下手机，一小时跑步之后就待在书房，不读完一定的量绝不离开。有时候，感觉太累不自觉地睡着了，醒来之后洗把脸继续阅读。功夫不负有心人。一年之后，从过去对历史人文一知半解、张口结舌到现在的略知一二、侃侃而谈，也算有了进步。

将散乱的语言文字组合为一个个故事诗歌，这个过程太神奇了。我们是最笨拙的一批人，却强迫自己从事这最为聪明的工作，常常认为自己力所不能及却因为热爱而厚着脸皮不肯离开。

在这个伟大的时代，我们用眼睛、用心、用脑子去观察和思考这个世界，我们或许卑微却渴望超越，我们期待胜利却经常遭遇挫折。因为梦想和爱，我们无所畏惧，敢为人先。我们用决心和信心证明着年轻的力量！

年轻代表着一种力量：一种不断否定、努力变革、勇于作为的力量；一种不屈不挠、反复失败，却仍旧披荆斩棘的力量；一种蓬勃向上、展现可能、创作奇迹的力量！

玉堂如今仍旧矗立在山东大地，用它一以贯之的质朴热情、传统创新，为国人为世界带来一罐罐秉承着百年老工艺的好酱菜！为一代代玉堂人保留一份永恒的骄傲！

而我，在新的征途前，蓄势待发，扬帆起航！

策 划 人 _ 常晓鹏

联合策划 _ 翻阅小说　册府文学

责任编辑 _ 吴　枫

出版发行 _ 吉林文史出版社

书　　号 _ 978-7-5472-6479-9

定　　价 _ 68.00 元

装帧设计 _ 土　土

联系电话 _18600574900

投稿邮箱 _229286673@qq.com

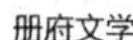
册府文学

策划人